失乐园暗影
翁加雷蒂诗选

The Loom of Paradises Lost
Selected Poems of Giuseppe Ungaretti

[意] 朱塞培·翁加雷蒂　著
凌越　梁嘉莹　译

雅众文化 出品

目 录

译者序   I

I 选自《欢乐》（1914—1919）

永恒   21
厌倦   22
黎凡特   23
地毯   25
也许一条河   26
痛苦   27
非洲记忆   28
午夜后的拱廊街   29
明暗对比   30
一个人   31
湮灭   33
今夜   35
月相   36
我是造物   37
半梦半醒   38
朝圣   39
宇宙   40
睡意   41
家   42
五月夜晚   43
怀念   44
被埋葬的海港   46

沉默	47
重量	48
明亮的沙漠金色	49
守夜	51
安息中	52
东方的月相	53
落日	54
天谴	55
再度觉醒	56
忧郁	58
命运	60
兄弟们	61
从前	62
河流	63
单调	67
美丽的夜晚	69
卡索的圣马蒂诺镇	70
矛盾	71
冷漠	72
乡愁	73
为什么？	75
意大利	77
送别	78
圣诞节	79
夜间的弹坑	81
孤独	82

晨	83
睡眠	84
覆舟的愉悦	85
远方	86
傍晚	87
变形	88
快乐	90
又一个夜晚	91
另一夜	92
六月	93
梦	97
发光的玫瑰	98
虚荣	99
从山谷中的路上	100
某人携带	101
草地	102
漂泊者	103
士兵	105
清澈的天空	106
恢复	107
祈祷（1）	108
巴黎的非洲人	109
标准梦境	110
反讽	111
卢卡	112
发现那女人	114

哦，夜晚 115
风景 117

II 选自《时代的感情》(1919—1935)

利古利亚的寂静 121
引诱 122
非洲之忆 123
鸽子 125
岛屿 126
湖月黎明夜 128
死亡颂 129
它将唤醒你 131
七月 132
朱诺 133
八月 134
每一束暗淡的光线 135
克罗诺斯的终结 136
火焰 138
回声 139
两条注释 140
最后一刻钟 141
雕像 142
一阵微风 143
泉水 144
群星 145
呼喊 146

寂静	147
傍晚	148
上尉	149
母亲	151
光在哪里	152
怜悯	153
该隐	159
祈祷（2）	161
死亡冥想	163
贝都因人之歌	168
歌	169
……	170
祝贺他的生日	171
没有重量	173
繁星闪烁的宁静	174

Ⅲ 选自《沙漠和之后》（1961）

灯神鲁尔的大笑	177

Ⅳ 选自《悲痛》（1937—1946）

我失去了一切	185
假如你，我的兄弟	186
一天又一天	187
时间静默	194
苦涩的平静	195
你崩溃了	197

我的脚步狂乱		200
在岩层中		202
山上死者		203
它会发生吗？		205
穷人的天使		207
别再叫喊		208
大地		209

V　选自《应许之地》（1935—1953）

坎佐纳		213
描述狄多精神状态的合唱		216
帕利努儒斯的吟诵		225
没有变化		228
诗人的秘密		229
终局		230

VI　选自《呼喊与风景》（1933—1952）
　　《老人笔记》（1952—1960）
　　《格言》（1966—1969）
　　《对话》（1966—1968）

应许之地最后的赞美诗		233
独角戏的最后一场		247
永远		249
一个人		250
1966年9月12日		251
海螺		253

嘴角的闪光	255
幸存的童年	256
秘密的克罗地亚	258

VII 未收录诗集《欢乐》的早期法语诗作
（1915—1919）

亚历山大城风景	263
维亚雷乔	265
阳光直射的露水	266
巴别塔	267
献媚	268
附录	269
致谢	276

译者序

一个词挖掘进入生命

一

在意大利20世纪一众主要诗人中,翁加雷蒂的诗风显得有些特别。试想有一本遮盖诗人姓名的意大利20世纪诗选,我们可以轻易将翁加雷蒂的诗歌,从蒙塔莱、夸西莫多、萨巴、帕韦泽等诗人的作品中挑选出来。从外形看,翁加雷蒂的诗通常比较短小,很多时候每行诗只有一两个单词,有时候一首诗只是一个不断被换行打碎的长句子。另一方面,翁加雷蒂的诗无论多么深地触及他自己的经验(有时甚至是黑暗的经验,诸如在一战前线身为士兵的经历,幼子的夭亡等),其诗歌语言总有一种强烈的自省倾向。这一点,将翁加雷蒂的诗歌带离意大利20世纪的主流诗歌氛围,而更倾向于在语言实验方面更为激进的法语诗歌。翁加雷蒂在《再论莱奥帕尔迪》一文中阐释过自己的基本诗观:

> 文字的艺术具有激烈的隐喻。如果我

I

说"树",每个人只想到树;但再也没有比"树"更不像我所发音的字眼。或许文字首先要拟声,但隐喻突然介入,要从任何模仿自然的状态中解放,去表现人的天性,以适应表达惊奇、恐惧、高兴、需要、感情、客体间神圣的疏远和亲密关系,以及主体对此种关系的重新投入——此处的主体应始终渴求知识,才能不断地把现实转变成他自己的象征。

这段话清楚地表明翁加雷蒂和法国象征主义诗歌的渊源颇深。为了追溯这渊源,我们难免要从翁加雷蒂迥异于其他意大利诗人的生平阅历入手。1888年2月8日,翁加雷蒂生于埃及亚历山大城的一个意大利侨民家庭。他的父母都来自意大利卢卡附近的农民家庭,作为开凿苏伊士运河的工作人员来到埃及。1904至1905年,翁加雷蒂就读于当地瑞士侨民的法语学校。在法语学校,他已经开始阅读波德莱尔和马拉美的诗歌,并用法语写出自己最初的诗篇。本译本最后几首以法语写就的早期诗歌(《维亚雷乔》《巴别塔》《献媚》等)就是写于这个时期,尽管稍显稚嫩,但从其俭省的用语和出乎意料的想象力还是可以看出翁加雷蒂受马拉美等法国象征主义诗人的影响,并且也为其未来的诗风奠定了基础。后来,翁加雷蒂坦承了马拉美对自己产生的巨大影响："我对马拉美着迷，我热烈地阅读他的作品，无疑地不能了解他的宇宙，但稍微能明白诗的意思，我感觉得到。"

1912年翁加雷蒂第一次取道巴黎去意大利旅行，也就是说，翁加雷蒂二十四岁时才第一次回到故国。1913年在巴黎，翁加雷蒂结识毕加索、布拉克、莱热、契里柯、桑德拉尔、雅各布、莫迪利亚尼和意大利的未来主义画家和诗人，更为重要的是他成了阿波利奈尔的密友。如果说波德莱尔、马拉美纯粹以作品对翁加雷蒂施加了影响，那么作为立体主义艺术家的代言人和杰出诗人的阿波利奈尔对他产生的影响则更为直接，以至于翁加雷蒂在之后几年的诗歌写作中，甚至直接引用过阿波利奈尔的诗句。

翁加雷蒂少年时代在法语学校的经历，青年时代和阿波利奈尔的交往，中年以后对圣-琼·佩斯（翻译过佩斯早期代表作《远征》）和马拉美诗歌的翻译，都说明了法语诗歌对翁加雷蒂的浸润之深。尽管后来，他也从彼特拉克、莱奥帕尔迪等意大利经典诗人那里寻找自己母语的养分，但法语诗歌传统的影响在翁加雷蒂身上从来不曾退去，并最终使翁加雷蒂的诗歌兼备了意大利文化中肉体狂欢的倾向和法国文化中偏于冷峻和理性的自省风格。

一般认为，以马拉美为代表的象征主义诗歌的主要成就是唤醒了对语言的敏锐知觉。换言之，语言不再被认为是人的自然表露，而是被当作具有自己的法则和自身特殊生命的物质。和许多优秀诗人一样，翁加雷蒂从写作之初就热衷于在词与物之间走钢丝，在生活经验和词语文本之间尽力保持某种惊险的平衡，并因此激发出彼此广阔的可能性。比如在写给好友埃托雷·塞拉的悼亡诗中，翁加雷蒂就直接探讨了词与生命（物）的关系：

　　一个人的生命正是
　　从词语中开出的花

以及：

　　当我
　　在缄默中
　　找到
　　一个词
　　它挖掘进入我的生命
　　像深渊

如果说前者表明词对于生命还是一种建设性力量的话，"一个词/它挖掘进入我的生命/像深渊"则对生命本身形成一种压迫感，一个合适的词既是通向内心的桥梁或管道，同时它也带来更大的空虚感，这大约也是诗的极致感觉和生命本身的虚无感暗藏联系之处。在写于1928年的重要诗篇《怜悯》

中，有这样两行诗句：

> 我已将思想与心灵撕成碎片
> 以便沦为词语的奴隶？

在此，翁加雷蒂同样表达了词对物的统摄性力量，当然，句末的问号也显示了他对这力量的抗争——尽管是无力的。在翁加雷蒂的诗作中诸如此类直接谈到"词"的诗句不算多，但是它们犹如答案揭示出翁加雷蒂最基本的作诗法——以词的光泽照亮生命经验，将其从黑暗模糊中拯救出来，否则这些经验就将在绝对的黑暗中覆没不闻了。用他自己的话说，就是"事物对于诗人，只有在（被诗）创造的瞬间才存在"，换言之，是词创造了事物，而不是相反。在翁加雷蒂的诗歌中（尤其是早期诗歌），一首诗往往通过一个词或一个意象建立起自身的宇宙，为了最大限度凸显词本身的自主性意义，或者不让单个的词陷入、甚或消失于冗赘的诗行中。翁加雷蒂经常将句子打碎，让一两个词孤零零地撑起一行诗，如此，一种视觉上的聚焦作用将有助于词义的扩张和声韵的加强。

读翁加雷蒂的诗，我们时时可以感觉到他对词自身的再三打量和揣摩，当然我马上要强调的是，翁加雷蒂不是轻浮的形式主义者，他对词的挑选除了声韵和意义间复杂作用的考量之外，最终总是指向"进入生命"的方向,并使其成为词进入诗歌的一道高高的门槛,从而将那些粗糙的、未经打磨的词排除在诗歌之外。这是一种极为精致微妙的诗歌意识,甚至能清晰地感受到"忧郁斜倚在微风的栏杆上",感受到一个个的词在黑暗中次第分娩为寂静的花朵。在翁加雷蒂的诗中,灵感的每一条神经似乎都被梳理妥帖,并将生命经验牢牢地绑缚其中。自然,词与物对于翁加雷蒂而言,孰轻孰重并无意义,在诗人写得顺畅、干得漂亮的时候,这两者总是融为一体,难分彼此,但悖论为,若没有对词的重视和强调,这种融合的亲密也就不复存在。

如此高度自省的写作方法,使翁加雷蒂的诗普遍比较短小。翁加雷蒂谨慎地使用词语的方式,和那种过于铺排放纵的写作方式是绝缘的,后者需要提升写作的速度,并使粗粝变成诗的一种美德。在惠特曼、聂鲁达那样的诗人那里,这确乎是一种美德,但它从来不在翁加雷蒂的视野之内。可以想象,翁加雷蒂写诗的速度非常缓慢,他字斟句酌,寻找被经验的光斑意外照亮的少数词语,并将这些零散的词惊险地连缀成美妙的诗句。因此,在翁加雷蒂的诗中,我们经常可以看到被有意放置的大量空白——在一个词与另一个距离接近、逻辑上却遥远的词之间。

关于空白(或者说留白)所担负的诗的重任,其影响显然也来自马拉美,马拉美在《论爱伦·坡》

一文中专门论述过这个问题，想必给翁加雷蒂留下了深刻印象：

> 诗的智力底层结构隐而不见，却在分隔节段的空白处和页面的白色里呈现出来：一种意味深长的沉默，其安排之巧妙不亚于诗行本身。

我们知道马拉美在其著名诗篇《骰子一掷消除不了偶然》中，通过诗行在纸面上复杂的排列，将空白"安排之妙不亚于诗行本身"落到了创作实践中。翁加雷蒂在创作中对于空白的利用虽然没有马拉美那么极端，但留白是他写诗的常用手段。我们在翁加雷蒂的很多诗句中都可以看到这种空白（空无）：

> 在一朵花被摘而另一朵被赠之间
> 不可言喻的空无

以及：

> 那留给我的一切
> 只是这——这首诗：
> 一个无法穷尽的秘密的
> 琐碎的空无

两朵命运迥异的花之间"不可言喻的空无"，或者一首诗就是"一个无法穷尽的秘密的琐碎的空无"，后一个"空无"前用了三个形容词，看来也难以准确界定出空无的本质及其神秘感，或者说这空无反倒是催生诗歌无穷无尽繁殖的意义的母体？总之，翁加雷蒂脑海中近于"顽念"的"空白"概念，使他在写作中敢于抛弃词语间通常的逻辑链条，将看起来不相干的诗句以空白为中介强行联系在一起：

寓言再次在烈焰中高高升起。

他们将在风乍起时随树叶掉落。

但如果另一阵风吹来，
新的闪烁将重现。

这是写于1927年的短诗《群星》，一行诗就是一节，三个句子三节诗构成一首短诗，这三个句子之间并无明显的逻辑上的联系，它们就是诗人在群星闪烁的夜晚产生的三个念头，诗人也没有多费劲地用语言的过渡段落将这三个念头连缀起来，他就让这三个句子孤悬在诗歌中，它们彼此间的空白也是其意义的断裂处，而诗歌本身却因此变得更为丰满，至少要比那些塞满空白处的、追求意义连贯的诗歌来得丰满。这种有意留白，诗行跳跃着发展的方式，在翁加雷蒂漫长的诗歌生涯中一直被使用。写于1928年，对于翁加雷蒂来说意义非凡的诗歌《怜悯》也是如此：

除了骄傲和美德，我一无所有。

在人类之中，我感到被放逐。

而我却为他们受苦。
我不配再找回自我吗？

我心中充满各种名称的沉默。

我已将思想与心灵撕成碎片
以便沦为词语的奴隶？

我是幽灵之王。

噢干枯的树叶，
灵魂四处游荡……

其中，每一行诗都是一次性地完成，它们和下一行诗以空白相连，诗人飘飞的思绪因此以思想纷飞的原貌呈现在纸页上。这是翁加雷蒂惯用的写作手法，他后来写的比较长的诗——诸如《一天又一天》《描述狄多精神状态的合唱》《应许之地最后的赞美诗》等——其实也都是由片段构成，是围绕某个主题的片段集合。也许这样的写作欠缺一点往纵深挖掘的深度，却可以保证离缪斯的距离始终不远——一种以灵感为中心的圆圈舞。翁加雷蒂深信，诗就是词以音韵之足偶然捕捉到的微妙的意义，就算在处理极为沉痛的主题时，他的诗也葆有一份难得的轻盈，从而避开了诗的大敌——伤感，这当然是诗人对词始终如一的专注态度对他的回馈。

二

1915年第一次世界大战期间，翁加雷蒂应征入伍，在卡尔索和法国前线作战，战后返回巴黎，他带着阿波利奈尔最喜欢的托斯卡纳雪茄去拜访后者，正逢阿波利奈尔去世。1919年，翁加雷蒂作为《意大利人民报》记者留在巴黎，出版法文诗集《战争》。在佛罗伦萨出版诗集《覆舟的愉悦》，包括《被埋葬的海港》及1917至1919年所写的诗。1921年，翁加雷蒂回到罗马，在意大利外交部新闻部门任职。两次大战间的意大利，法西斯主义盛行，局势动荡，1936年翁加雷蒂接受巴西圣保罗大学之邀，前往当地教授意大利文学，直至1942年，其间经历了幼子夭亡之痛。1942年，翁加雷蒂返回意大利，在罗马大学任教，至此他作为重要诗人的地位已广获承认。之后，他将很多精力用于翻译，翻译的诗人包括莎士比亚、贡戈拉、马拉美、布莱克和圣-琼·佩斯等，从这些诗人我们亦可看出翁加雷蒂的诗歌趣味所在——一种强调修饰的巴洛克式的风格。1970年，翁加雷蒂最后一次访问美国，在俄克拉何马大学接受外国图书奖。在访美期间罹患支气管炎，回到米兰后于6月1日至2日夜间去世。

和翁加雷蒂同时代的一些杰出诗人一样，这是一份跨越两次世界大战的履历表。我们在上文谈到翁加雷蒂对于词的形而上学般的抽象思考，赋予了他的诗微妙的诗意，也使他找到一条从瞬间的词语盛宴通往永恒的途径，但身临其境的两次世界大战的惨剧，以及他个人生活中的那些具体的痛苦，不可避免地给翁加雷蒂的诗歌披上了一层哀婉的调子。他甚至将在二战后出版的第一部诗集，直接命名为《悲痛》。死亡也因此成为翁加雷蒂诗歌最重要的主题之一，这方面的佳作我们可以轻易列举出一长串——《死亡颂》《死亡冥想》《送别》《一天又一天》《描述狄多精神状态的合唱》《苦涩的平静》，等等。不过，难能可贵的是，翁加雷蒂的诗歌并没有因为主题的沉重，而失却诗本质上的趣味和轻盈，这和他专注于诗的形式感和词本身有一定关系，至少这种专注分散了痛苦带给他的直接的、巨大的压力，并使其成为诗的有益的养分。这种转化能力一方面显示了诗歌本质上冷酷的一面（写痛苦的题材你也必须得写好——措辞上的拿捏在任何时候都不可或缺），另一方面却也是诗人自我拯救的方式，同时这种转换能力也准确对应着诗人水平的高下。

法国象征主义诗歌及其观念给翁加雷蒂带来持久的影响，但后来意大利文化传统慢慢加进这种影响之中，后者逐渐改变了其诗歌的面貌，或者说是增加了其诗歌的丰富性。翁加雷蒂作为意大利海外侨民，三十三岁时才回到罗马定居，但他对意大利故土及其悠久的文化传统一直有一种眷恋。当翁加雷蒂于1912年乘船从亚历山大城去往巴黎的途中，在海上第一次远远瞥见了意大利，并写下这样的诗句：

> 而
> 当高处雪的边缘的
> 尖头幼苗
> 我的父辈曾经看到的景象
> 在清澈的风平浪静中
> 帆船排成一条直线
>
> 哦，我的故土，你们的每一个时代
> 都在我的血液中醒来
>
> 在饥饿的大海上
> 你自信地高歌前行

一种沉睡的悠久的文化基因在诗人的血液中苏醒，并且在饥饿的大海上，亦让他能"自信地高歌前行"。在翁加雷蒂的诗歌中少有这种语调高亢的诗句，应该说，这突然的高亢是意大利古老文化的强劲生命力带给他的，并使他暂时忘却了另一个更敏感、更亲切的诗神，后者经常赋予翁加雷蒂的诗篇闪电般的轻微战栗。

待翁加雷蒂回到意大利后，他对意大利文化传统的认同更加强烈。翁加雷蒂更主动地从彼特拉克到莱奥帕尔迪的意大利抒情诗传统中汲取养分，寻找一种既遥远又亲切的声调。在诗的外在形式上，早年那种被换行拆散的诗句，则重新归位，回到传统的句法和韵律结构，但保留了早期诗作敏锐的直觉。翁加雷蒂不相信想象的产物，不相信除了海市蜃楼之外还有其他的东西。因此，他越来越痴迷于巴洛克风格，痴迷于用"单体的倍增"来填补空虚，"以便给予空无已告消除的印象"。翁加雷蒂将巴洛克艺术和建筑中"单体的倍增"，视为"一种无实质的更纯粹的现实"。这种变化并不让人意外，我们知道翁加雷蒂喜欢并翻译过西班牙16世纪诗人贡戈拉的作品，后者就曾因其诗歌的繁复修饰被称为"巴洛克式的诗人"，而贡戈拉对马拉美亦产生过重要影响，顺着这条线索，翁加雷蒂钟情于巴洛克风格实在是自然而然的事。换句话说，巴洛克风格是翁加雷蒂在对他影响甚巨的法国象征主义和意大利传统文化之间，找到的一个平衡点，如此，在他更深地潜入意大利传统文化的宝藏时，不需要打磨掉他身上早就存在的法国象征主义的印记。

出版于1936年的诗集《时代的感情》是一部承上启下之作，既是翁加雷蒂早期诗歌风格的延续，又开启了他的"巴洛克时代"。在1947年出版的诗集《悲痛》则正如其书名，被一种悲伤的情绪控制，其主题围绕对翁加雷蒂早逝的哥哥和夭亡的幼子的怀念，以及对第二次世界大战的悲剧性反思。后来，翁加雷蒂以沉痛的笔调谈到过这本诗集："我被一种极度粗暴的方式加以注视，失去年仅九岁的幼子后我方才意识到死亡为何物。那是我生命中最为悲痛的事件。……《悲痛》是我最喜爱的诗集，是我在最可怕的年代，扼着咽喉完成的。"诗集的中心诗篇是由17个片段构成的纪念幼子的《一天又一天》，在这些片段中，翁加雷蒂和幼子展开想象中的对话，诗人的痛楚历历可见，令人窒息。而在《山上死者》《它会发生吗?》《大地》等诗作中，翁加雷蒂则将个人的不幸遭遇和时代的悲剧联系在一起：

> 橄榄树林中一阵谨慎的窸窣声
> 也许会在任何时候再次唤醒
> 打盹的蝴蝶，
> 你们将仍然是死者卓越的守夜人。
> 那些不在此地的人不眠不休的干涉，

灰烬的力量——阴影
在银色中快速闪动。
让风持续咆哮,
从棕榈林吹到云杉林,让那喧嚣
永远悲痛,而死者
无声的疾呼变得更响亮。

到了晚年,翁加雷蒂声誉日隆,和蒙塔莱并列成为最具影响力的意大利在世诗人,1962年他以全票当选为欧洲作家联合会主席。在生命最后的二十年里他又出版了《呼喊与风景》《应许之地》《老人笔记》《对话》等几部诗集。总体而言,翁加雷蒂的晚期作品是其早期作品的回声——相似的主题和意象,只是在节奏方面不如早期诗歌敏捷,而灵动的感觉也稍有逊色,不过在发表于《应许之地》里的两首诗——《描述狄多精神状态的合唱》和《帕利努儒斯的吟诵》——中可以见到翁加雷蒂崭新的尝试。和翁加雷蒂大多数诗取材于自身的生活经验不同,这两首诗的主人公——狄多和帕利努儒斯——都是维吉尔的史诗《埃涅阿斯纪》里的人物,也就是说,这两首诗是以戏剧面具的方式写成,这在翁加雷蒂的诗歌中是很罕见的。同时,这两首诗也表明翁加雷蒂希望可以更多地从意大利传统文化中寻求可能的资源。

史诗《埃涅阿斯纪》人物众多,而翁加雷蒂写的这两个人都是确凿无疑的悲剧性人物，这当然也反映出翁加雷蒂在晚年萦绕不去的抑郁心情。狄多相传是古希腊神话中迦太基城的建立者，扫罗国王的女儿，她的兄弟皮格马利翁即位后，杀死她的丈夫以夺取他的巨额财产。狄多带领忠实的下属逃往非洲，并建立了迦太基。不久，狄多爱上了埃涅阿斯，两人住在一起，形同夫妻。天神朱庇特看出埃涅阿斯有意在迦太基安家，便警告他必须离开狄多，继续航行，去完成他命中注定的使命——建立罗马城。狄多哀求他留下，但是他拒绝了，说自己并不想离开，去意大利实在是迫不得已。当他扬帆起航时，狄多绝望了，在柴堆上自焚而死。《描述狄多精神状态的合唱》从狄多被埃涅阿斯遗弃写起，诗行聚焦于狄多的内心感受，一种恍惚又绝望的感受毕现于翁加雷蒂的笔端，对诗人而言，狄多就是人性与道德之间痛苦的对抗经验：

> 你听不见悬铃木，
> 你听不见树叶沙沙作响
> 突然落在河边的石板上？
>
> 今夜，我将美化我的衰落；
> 枯干的树叶将加入
> 愉悦的光芒。

《帕利努儒斯的吟诵》则描写了《埃涅阿斯纪》中这位掌舵水手的悲剧性命运,诗风一反翁加雷蒂诗歌一贯的优雅和沉潜,竟被诗歌中所描写的惊涛骇浪带动得有几分狂野了:

> 飓风已到狂怒的顶点;
> 我感觉不到睡眠的来临,
> 在汹涌的海浪中蔓延的油渍,
> 向自由敞开的田野,那是安宁,
> 那虚假的徽章刺在我的后颈上
> 以无尽的喷涌击倒我,致命地。

这两首诗都是翁加雷蒂在晚年的一个宏大写作计划的片段,可惜计划最终没能完成,不过能留下这两首优秀之作,也让人颇感欣慰了。

综观翁加雷蒂漫长的写作生涯,其诗作越来越频繁地触及记忆——一种语言所体现的集体记忆,并以此来重新发现纯真。也许濒临晚境之人会更多地陷入回忆,也许诗歌本质上就是要为时间之河的流淌预先铺设河道。在这个中译本中,最早的诗和最晚写就的诗相隔差不多六十年,我们当然可以从中看出某些变化——主题上的、修辞上的、音韵上的,等等,但总体而言,一颗敏感的年轻又苍老的诗心主宰了一切,并使惊险地立于词语之上的瞬间进入永恒。

另一方面,翁加雷蒂和他身临其中的时代面对的一个挑战是,如何在分崩离析的过去中重新诠释现在。翁加雷蒂驳斥了意大利未来主义者关于过去的废墟可以被简单地扫到一边的借口,同时肯定了莱奥帕尔迪绝望地意识到一个时代已经过去。就像翁加雷蒂在他去世前四年写的一篇文章里说的:

> 战争结束后,我们目睹了世界的变化,它把我们与过去的自己,以及我们曾经创造和做过的事情分开了,仿佛一下子就过去了几百万年。今天,书中储存的一切都证明了过去,语言世界中有些东西已经完全完蛋了。
>
> 我们是与自己隔绝的人。

凌越

2022年5月9日于广州

I
选自《欢乐》
（1914—1919）

永恒

在一朵花被摘而另一朵被赠之间
不可言喻的空无

厌倦

今夜必将消逝

这彷徨不定的孤独
在潮湿的柏油路上
摇曳着有轨电车电线的阴影

我看着出租车司机的脑袋
在一阵瞌睡中
耷拉着

黎凡特[1]

那蓬松的线条

消逝

在遥远的天穹

高跟鞋的咔嗒声，手臂挥舞的哗啦声

单簧管尖叫着信手涂鸦

大海灰烬般

轻柔地颤动，不安

犹如一只鸽子

叙利亚移民在船尾舞蹈

一个年轻男人独自在船头

周六傍晚的此刻

犹太人

在那里

带走了

它们的死寂

---

[1] 黎凡特，地中海东部沿岸诸国和岛屿，包括叙利亚、黎巴嫩、巴勒斯坦等。

在蜗牛壳的螺旋尖上
犹豫不决
对着窄巷里的
街灯

翻腾的水
像我在船尾听见的喧嚣
在
那睡眠的
阴影里

地毯

每一种颜色都在扩展和蔓延
变成其他颜色

如果你盯着它看,会变得更加孤独

也许一条河

有雾气将我们抹去

也许这里诞生了一条河

我聆听湖中塞壬的歌声
那湖曾是一座城

痛苦

像云雀渴死
在海市蜃楼之上

或者像那只鹌鹑
在横跨海洋之后
瑟缩在第一片灌木丛中
因为它再也没有
飞翔的意愿

但不要活着悲悼
像金翅雀那般盲目

非洲记忆

太阳把城市劫走

我们再也看不见了

甚至连坟墓都支撑不了多久

午夜后的拱廊街

一只灿若星辰之眼
从天池往下凝视着我们
它冰冷的祝福滴落
进入这无聊的
梦游者的玻璃鱼缸

明暗对比

甚至连坟墓也消失了

黑色无垠的空间
从这个阳台
沉入墓地

在那里我找到
我的阿拉伯战友
他在前天夜里自杀了

天亮了

坟墓返回
在最后黑暗的
愁惨绿色中坍塌了
在最初明亮的
烦闷绿色中

一个人 [1]

我逃离孤独的棕榈树
和荒凉夜幕上
那璀璨的月亮

最封闭的夜晚
可怜的海龟
摸索着爬行

没有持久的颜色

那不确定是否醉了的明珠
感动黎明和
它脚下瞬间的
余烬

一阵清新的风的叫喊声
蜂拥而至

河床隐藏在

---

[1] 在从亚历山大城去法国的途中,翁加雷蒂第一次瞥见了意大利。

喧嚣消失的群山中

归还你古老的镜子
你隐藏的水边

而
当高处雪的边缘的
尖头幼苗
我的父辈曾经看到的景象
在清澈的风平浪静中
帆船排成一条直线

哦,我的故土,你们的每一个时代
都在我的血液中醒来

在饥饿的大海上
你自信地高歌前行

湮灭

心变得随意,因为萤火虫
闪着光死去
从草地到草地
我已经给剩余的编号

我用双手捏塑
散落着蟋蟀的泥土
我调整我的
心绪
变得平缓和稳定

她爱我,她不爱我
我以雏菊
打扮自己
我已经在腐烂的土壤里
扎根
我已经在
扭曲的茎秆上
成长得像一朵罂粟花
在秋天的
山楂树下

我已经理解我自己

今天
伊松佐河¹如同
蓝色的沥青
我安顿下来
在碎石层的灰烬中
在阳光下赤裸
变成
一朵争斗的云

终于彻底
释放
平常的自己感到惊讶
不再有心跳的节奏
既没有时间也没有地方
快乐

在我的嘴唇上,我
拥有大理石之吻

1916年5月21日,于韦尔萨

1　伊松佐河战役,第一次世界大战期间,意军同奥军于1915年6月至1917年12月在意奥边境伊松佐河地区进行的12次战役。

今夜

今夜
我的忧郁
倚靠在微风的栏杆上

      1916 年 5 月 22 日,于韦尔萨

月相

我走啊走
再次发现
爱之涌泉

在一千零一夜的
眼睛里
我休憩

荒芜的花园里
她像鸽子一样
降临

在迷醉的
正午阳光中
我为她摘
柑橘和茉莉

1916 年 6 月 25 日，于马里亚诺

我是造物

如同圣米凯莱
的这块石头
那么冷
那么硬
那么干
那么倔
那么彻底地
萎靡

我的悲伤
一如这块石头
是看不见的

我们以
生
结清了死

1916年8月5日，于四高峰下的沟壑

半梦半醒

我听到夜被强暴

枪声
在空气中弥漫着
像蕾丝
战壕里
隐藏
的士兵
像壳里的蜗牛

它就像
一大堆凿子
令人窒息地
凿击
铺在附近街道上
的火山岩石块
而我正茫然地
在半梦半醒中
听着

朝圣

埋伏
在瓦砾的
最深处
一小时又一小时
我拖着
被泥浆侵蚀
的身体
像一块靴子底
或者一颗山楂的
种子

翁加雷蒂
被惩罚的人
你只需一个幻觉
就能鼓起你的勇气

更远处的
探照灯
将大海
嵌入雾气

1916年8月16日,于孤树的沟壑

宇宙

用大海
我为自己制造
一具冷
棺

    1916年8月24日，于德韦塔奇

睡意

这些低矮的山丘
横卧在
黑暗的山谷中

现在没有任何事物触动我
除了蟋蟀的唧唧声
什么也没留下

那声音
和我的忧虑保持同步

1916 年 8 月 25 日,从德韦塔奇到圣米凯莱途中

家

惊讶于
这么久之后,爱
回来
造访我

我以为我已经将它散落在
世界之外

五月夜晚

天空布置着
祈愿蜡烛的花环
在宣礼塔的顶部

怀念

他名叫
穆罕默德·谢布

游牧民族埃米尔的
后裔
一个轻生者
因为他已经没有故土
借以求生

他爱法兰西
换了名字

他取名马塞尔
但不是法国人
也不再知道
怎样在
他民族的帐篷中
反复听诵
《古兰经》
当你啜饮咖啡的时候

他不知道如何
从那首关于他的
孤寂的歌谣中
释怀

我与他一起
去见旅馆的老板娘
那所我们住过的
古旧斑驳的下坡路上的旅馆
在巴黎
卡梅斯街 5 号

他安息
在伊夫里的墓园里
那个郊区
看起来
好像每天都是
散场后的露天集市

也许只有我
知道
他活过

    1916 年 9 月 30 日,于洛克维查

被埋葬的海港

那位诗人到达那儿
以他的歌重返光明
并四处将它们传播

那留给我的一切
只是这——这首诗:
一个无法穷尽的秘密的
琐碎的空无

> 1916 年 6 月 29 日,于马里亚诺

沉默

我了解一座城市
每天都充满阳光
在那一瞬间,一切都施了魔法

一天晚上我离开了

在我心中,刺耳的蝉鸣
萦绕

从漆成白色的
船上
我看见
城市消失
留下
环绕的灯光
在浑浊的空气里
悬浮了
一小会儿

1916 年 6 月 27 日,于马里亚诺

重量

那个农民士兵
信任他的
圣安东尼像章
走路轻快

但我这个没有妄念的人
背负着我的灵魂
赤裸又孤单

     1916年6月29日,于马里亚诺

明亮的沙漠金色

烟雾中,摇晃的翅膀
划破寂静的视野

风突然折断
渴望亲吻的珊瑚色的嫩芽

黎明时,我目瞪口呆

在怀旧的旋涡中
生活对我倾诉

现在,我映照那些世界的角落
我有同伴
发现了我的方位

甚至死在我们旅程的摆布下

我们的睡梦终止了

太阳哭干眼泪

我身披一件明亮的金色的
温暖斗篷

从这荒芜的大陆架上
我向好天气
伸出双臂

    1915 年 12 月 22 日，于西玛–夸特罗

守夜

一整夜
守在阵亡战友
身旁
他痛苦扭曲的
嘴巴变成
满月
他攥紧的双手
猛刺进
我的沉默中
我写下
满怀爱意的文字

我从未
如此
眷恋生活

    1915年12月23日，于西玛-夸特罗

安息中

谁将与我一起穿越这战场

那道阳光散落成钻石的形状
水珠
在那片柔软的草地上

我臣服
于那倾斜的
清澈的宇宙

群山敞开
在深远的淡紫色阴影的风中
与天空并排

在光的穹顶之上
咒语破碎

而我坠入自我之中

在自我之内躲进巢穴

1916 年 4 月 27 日,于韦尔萨

东方的月相

在微笑的温柔转变中
我们觉得自己陷入一阵强烈的
渴望的旋风

太阳收割我们

我们闭上眼睛
看到无尽的承诺
在湖里游泳

我们以这身体
来为地球做记号
这身体现在对我们来说太沉重

1916 年 4 月 27 日,于韦尔萨

落日

天空羞红的脸
在爱的流浪中
唤醒绿洲

    1916年5月20日,于韦尔萨

天谴

被宿命之物环绕着

(即使繁星闪烁的夜空将终结)

为何我渴望上帝?

    1916年6月29日,于马里亚诺

再度觉醒

我活过的
每个时刻
在我之外
再次,一个低沉时期

我与我的回忆遥不可及
在迷失的生命之后
我醒来
沐浴在亲切的日常事物中
惊奇
又慰藉

用警觉的眼睛
我追逐
缓缓溶化的云朵
并想起
一些死去的
朋友

但什么是上帝?

而那恐怖的

生物

圆睁双眼

欢迎

星之坠落

和寂静的平原

并再次

感觉到他

1916 年 6 月 29 日，于马里亚诺

忧郁

忧郁降临在与命运相连的
肉体上

夜间的屈服降临
在那些捕获完整灵魂的肉体之上
在一片辽阔的寂静中
在眼睛看不见,
愈发的焦虑之上

甜蜜解救了肉体
伴着苦涩的沉重
双唇扭曲
朝着遥远双唇的图像
肉体的残酷极乐灭绝
于无法遏制的欲望中

世界

惊讶
于一双多情的眼睛
疯狂的出游

那出游融化着

睡眠

而如果它寻找死亡

它就是最真实的睡眠

  1916 年 7 月 10 日,海拔 141 米

命运

一定会受苦
像任何
受造的肉体
为什么我们要抱怨?

    1916 年 7 月 14 日,于马里亚诺

兄弟们

你们来自哪个团
兄弟们?

言语颤抖着
在夜晚

树叶刚刚打开

在极度痛苦的空气中
人下意识地反抗
直面他自己的
脆弱

兄弟们

> 1916 年 7 月 15 日,于马里亚诺

从前

卡普乔森林
有一条
绿色天鹅绒般的斜坡
柔软
像一把扶手椅

在那儿打瞌睡
独自
在偏僻的咖啡馆
顺着一道光
微弱
如同今夜的月亮

1916 年 8 月 1 日,海拔 141 米

河流

我紧紧抓住这棵
遗弃于峡谷里的
损毁的树
无精打采
像演出前后的
马戏团
注视着
云朵静静地
掠过月亮

今天清晨我舒展
在一缸清水里
像一具遗骸
在休憩

那流淌的伊松佐河
抚平我
像河中的一块石头

我抬起

我的血肉躯体
从那儿走出
在水面上
像一个杂技演员

我蹲伏
在肮脏的
军服旁
如同一个贝都因人[1]
躬身迎接
太阳

这是伊松佐河
而我在这里更清晰地
意识到自己
是宇宙里一条
柔顺的纤维

我苦恼
是当
我不相信自己
是混合的

---

1 贝都因人,一个居无定所的阿拉伯游牧民族。

但那双隐藏的

捏塑我的

手

自由地给予

罕有的

至福

我回顾了一遍

我人生

的岁月

这些是

我的河流

这是塞尔基奥河[1]

我的农耕同胞

包括我的父母

饮用河里的水

或许已有两千年

这是尼罗河

看着我出生和成长

在那片广袤的平原上

---

[1] 塞尔基奥河,意大利的河流,托斯卡纳平原在塞尔基奥河河谷中。

为懵懂无知所煎熬

这是塞纳河
在它的浊流中
我再次混合
并开始了解我自己

这些是我的河流
都汇入伊松佐河

这是我的乡愁
呈现在每一条
经由我而闪耀的河流里
如今已入夜
我的生命似乎
是黑暗的
花冠

    1916年8月16日，于科蒂奇

单调

停顿在两块大石头之间
我正受着煎熬
在这片
黯淡的天穹
之下

那迷宫般的小径
使我陷入盲目

没什么比这
没有尽头的单调更糟了

从前
我不知道
甚至
那片天空
在傍晚湮没
也只是
寻常之事

而在我宁静的

非洲土地上
因为飘荡在空气中
竖琴的声音
我重获新生

  1916年8月22日,于孤树的沟壑

美丽的夜晚

今夜那首歌会响起
与星星一起
交织成
心的水晶般清澈的回音

多么青春
那渴望嫁娶的心的盛宴

我是一潭不流动的
黑暗水塘

现在我啃咬
宇宙
如同婴儿啃咬母亲的乳房

现在我醉了
在这浩瀚无垠之上

1916 年 8 月 24 日,于德韦塔奇

卡索[1]的圣马蒂诺镇

除了少许
墙垣的碎片
这些房子
什么也没剩下

那些往常和我一样
的伙伴死去
活下来的
屈指可数

但在我心中
谁的十字架也不曾缺少

我的心就是这村庄
大部分都被损毁成瓦砾

1916年8月27日，于孤树的沟壑

---

1 卡索，意大利北部地名，第一次世界大战期间，意奥军队曾在此激战。

矛盾

带着狼群般的饥饿
我拖拽我羔羊般的身体
倒下如同一张帆

我就像
那条破旧的船
和那片淫荡的海

    1916 年 9 月 23 日，于洛克维查

冷漠

看,一个乏味的
人
看,一个荒芜的
灵魂
对世界来说
那是一面无动于衷的镜子

有时我醒来
与我结合
并占有

在我体内生长的罕有的善
它长得多慢啊

而当它的时代到来
它又多么麻木地消逝了

1916年9月24日,于洛克维查

乡愁

当
夜即将结束
就在春天开始之前
而人们
很少经过

悲伤的
昏暗颜色
在巴黎上空变稠

在桥的
拐角处
我注视着
一个苗条女孩
无尽的沉默

我们俩
有病似的
一起奔跑

仿佛被带到其他什么地方

在那里我们暂时住下

  1916 年 9 月 28 日,于洛克维查

为什么?

我黑暗破碎的心
需要一些宽慰

就像此地的一片草叶
在泥泞的岩石裂缝里
它想在阳光下轻轻摇晃

但我像
这些坑坑洼洼的石头
在时间的弹弓上
像一块被击打的石头碎片
在战争的临时道路上

自从第一次看见
这世界的
不朽面貌
这个疯子想要了解
并陷入他
烦恼心灵的
迷宫

像火车铁轨

我的心躺平
倾听
却发现它跟随着
像一艘船唤醒
一段消逝的航程

我看见地平线上
满是疤痕般的弹坑

我的心想要燃烧
至少像今晚
以火箭喷射的方式

我带着它
当它沉入灰烬
然后爆炸并轰鸣
像平原上的
一颗炮弹
但不要离开我
甚至它在空中飞行的轨迹

我可怜的心
茫然无知地
目瞪口呆

     1916年，于喀斯特高原

意大利

我是诗人
众口一致地大声疾呼
我是一个梦想的傻瓜

我是一颗
无数截然不同的嫁接结出的果实
在一间温室中成熟

你的人民
意大利
发源于同一片土地
我也源自那里

身着你
士兵的制服
我平静
一如在我父亲的
摇篮中

1916 年 10 月 1 日,于洛克维查

送别

亲爱的
埃托雷·塞拉[1]
诗歌
是世界的人性
一个人的生命正是
从词语中开出的花
一粒怒吼的酵母造就的
清澈奇迹

当我
在缄默中
找到
一个词
它挖掘进入我的生命
像深渊

1916 年 10 月 2 日，于洛克维查

---

[1] 埃托雷·塞拉（Ettore Serra），意大利诗人，翁加雷蒂的朋友。

圣诞节

我不想
跳进
混乱的
街道

我如此
疲惫
以至于弯下身来

把我留在这儿
像将一些
事物
塞进角落
并遗忘

在这里
感受
虚无
但一股令人愉悦的暖流

和壁炉那儿

飘来的

少许环形

烟雾

一起坐下

  1916 年 12 月 26 日，于那不勒斯

夜间的弹坑

这夜的
脸
干燥得
像
羊皮纸

这驼背的
流浪者
有雪一般的软心肠
松弛
像卷曲的
树叶

无尽的
时间
消耗我
发出一阵飒飒声
穿过我

1916年12月26日,于那不勒斯

孤独

可是我怒吼的
伤口
像闪电拴住
天空
微弱的钟声

他们惊恐地
下坠

  1917年1月26日,于圣玛丽亚·拉隆加

晨

浩瀚
照亮我

  1917 年 1 月 26 日，于圣玛丽亚·拉隆加

睡眠

我喜欢模仿
这风景
斜倚
在它雪的
长袍里

  1917 年 1 月 26 日,于圣玛丽亚·拉隆加

覆舟的愉悦

立即着手
再次远航
犹如
沉船后
幸存的
海狼

1917年2月14日,于韦尔萨

远方

远方远远的
像盲人
用手牵我走

    1917 年 2 月 15 日，于韦尔萨

傍晚

被太阳缝在一起的
滚滚乌云
薄纱似的上升中
生命一点点泄漏

    1917年2月15日,于韦尔萨

变形 [1]

我站着
背对着一堆
古铜色干草

柚木和蜂群
从肥沃的犁沟中
发出一阵阵刺鼻的气味

我觉得自己出身高贵
是从土地上的人中成长起来的

我感觉自己在
那个人的眼睛后面
他粗糙如同
劈开的桑树皮

眼睛关注
天空的月相

---

[1] 翁加雷蒂在意大利,尤其是在托斯卡纳的农民中,从情感上发现他的根源,这是他在诗中多次探讨的主题。

在孩子们的脸上
感觉自己
就像赤裸的树林中
燃烧的
激动的水果

像一片云
在阳光下
我是透明的

我感觉
在一个吻中消散
它吞噬我
使我平静

1917年2月16日，于韦尔萨

快乐

我感到
这倾泻而来的光的
炽热

我收集
这时日
像变甜的果实一般

今夜
我的悔恨
就像
消失在
沙漠里的一声
狗吠

1917 年 2 月 18 日,于韦尔萨

又一个夜晚

我可怜的

生活

始终

延伸在

它自身的

恐惧之上

进入

以它

微弱的

连续不断的

触摸

践踏并压垮我的

无垠

    1917 年 4 月 18 日，于瓦尔隆

另一夜

在这黑暗中
用冻僵的
双手
我辨认出
我的脸

我看见自己
被遗弃在无垠中

      1917 年 4 月 20 日，于瓦尔隆

六月

今夜将

何时

死去

以便我

像另一个人一样

可以凝视它

并在那拍打的

波浪声中

入眠

波浪翻卷

消逝于

我家外面的

刺槐之墙上

何时我将在你的体内

再次醒来

那婉转的音调

像夜莺的啼叫

它渐趋褪色

如熟透的

小麦

鲜亮的

颜色

在水的

透明中

你金色的

皮肤

将被冻成棕褐色

你

像一只

黑豹

在空中鸣响的

气流中

翱翔

在那阴影

变幻的

边缘

你将脱落你的叶片

我窒息在

那些尘土中

发出缄默的

咆哮

然后
你将半闭上眼睛

我们看见我们的爱躺下
像夜晚

然后再次安息
我看见
我的双瞳死去
在你虹膜的
沥青地平线上

如今
那片晴空
正闭合
犹如茉莉花
此刻
在我非洲的故乡

我睡意全无

我犹豫不决
在路的拐角处

像一只萤火虫

今夜
我将死去?

    1917年7月5日,于坎普隆格

梦

昨晚

我梦见

一个辽阔的

平原

以

半透明的

冷却的

以专注于

面纱

由蓝色

到金色的变化中的

海藻

在其上

画条纹

1917 年 8 月 17 日,于瓦尔隆

发光的玫瑰

在钟声回荡的
海面上
突然
一个异样的清晨飘浮

    1917 年 8 月 17 日,于瓦尔隆

虚荣

突然地
那清澈的
令人惊叹的
辽阔
正高高地
存在于瓦砾之上

而那个
躬身的人
在水面之上
被太阳
震惊
发现
他是一个影子

摇晃着并
轻柔地
碎裂

    1917 年 8 月 19 日，于瓦尔隆

从山谷中的路上

在平静
天气的
天穹下
修复
群山的热烈

1917 年 8 月 31 日,于皮耶韦·圣斯特凡诺

某人携带

某人携带

那无尽的

隐藏的

疲倦

每年

大地所释放的

初始的

力量

                1918年3月底,于罗马

草地

土地的
面纱,它自身
在柔软
明亮的
路上
一个敬畏的
新娘
提供了
她新生的孩子
她微笑的
慈母般的
端庄

    1918年4月,于加尔达别墅

漂泊者

在大地上
我没有
可以定居
下来的
地方

在每一个
我偶然
遇到的
新的
环境中
我发现自己
日渐衰弱
因为
一旦我
适应
了它

我总会
离开
一个陌生人

再次
从许多充满活力的
时期
返回
诞生

仅仅因为
一分钟
初始的生命
而欣喜

我正在寻找
一个天真纯洁的
家园

1918 年 5 月，于梅利营地

士兵

我们如同——
秋天
树上的
叶子

  1918 年 7 月,于卡尔顿森林

清澈的天空

在如此多的
迷雾之后
一颗
又一颗
星星
揭开面纱

我呼吸着
那天空的色彩
给予我的
凉爽空气

我知道我是
一个流逝的
影像

陷入不朽的
循环

1918 年 7 月,于卡尔顿森林

恢复

事物编织不在场的巨大单调
如今它是一个苍白的壳
暗蓝色的深渊粉碎了
如今它是一个干燥的地幔

祈祷（1）

当我从混乱的
耀眼的光中醒来
进入澄明的，令人惊奇的苍穹

当我的体重对我来说变轻时

主啊，请准许我的船倾覆
在那年轻人发出第一声呼喊的时日

巴黎的非洲人

他是从阳光暴晒的地方迁移过来的,那里的妇女炫耀着丰美的肉体而大自然在号叫中发泄着它自己;

从天空吞噬海洋的欢呼声中,停在这座城市的人,会发现煤烟阴森可怖。

现在空间是有限的;这里,除了街巷什么都没有;

在这里,他们害怕的不是死亡,而是未来。

我不再被允许逃避或放弃,那阳光下的宁静。

那些奇迹,一个人由此地的勤勉炫目造成的烦躁不安,证明是微不足道的;在这里,人类的声音比沉默更响亮。

在这里,永恒是变化的;珍贵的时刻是持久的;身体在这里枯萎,伤痕累累,它们像锋利的吉他弦一样啃咬。

最后,事情趋于混乱。

啊!自由地生活。

标准梦境

尼罗河的阴影
棕色头发的美人
在水中装扮
嘲笑那火车

已经驶离

反讽

在痛苦的黑色树枝上,我听到春天。

只有在这个时刻,带着你的思绪独自在房屋间穿过,你才注意到。

现在是关上窗户的时刻,但这归乡的悲伤剥夺了我的平静。

这些树在夜晚带走它们之前还很干燥,会用绿色的面纱柔化清晨。

神圣的劳作永不停歇

只有在这个时刻,对于偶尔做梦的人来说,才是被准予注意到的折磨。

今晚城里下雪了,虽然现在是四月。

没有比以沉默和冷酷为特征的暴行更伟大的了。

卢卡[1]

在埃及我的家中,晚餐后,背诵完《玫瑰经》[2],我母亲
　常常跟我们讲起这些地方。
我的童年全是对于它们的惊奇。
这个镇子里的生活谨慎又狂热。
除了过路者,没有人进入这些墙垣。
在这儿就是为了离开。
我和一些人一起,坐在客栈门外,他们
跟我讲起加利福尼亚,犹如那就是他们的一处农庄。
当我在他们身上发现我自己的某些特征时,我很害怕。
现在我感到它在血管中沸腾奔流,我的死亡之血。
我也举起一把长柄锄。
在大地热气腾腾的大腿上,我发现自己正大笑。
永别了,乡愿和乡愁。
我想更多地了解过去和未来,尽我所能。
我已了解我的宿命和起源。
这儿没有什么可供我亵渎,也没有什么可供去梦想。
我享受过一切,忍受过一切。
这儿没有给我留下什么,除了让我放弃,死去。

1　卢卡,意大利西北部城市。
2　《玫瑰经》,天主教徒的经卷。

因此，我应安然抚养后代。

当恶毒的渴望将我推向致命的爱情，我赞美生命。

如今，我甚至认为爱情是种族的保障，我拥有死亡的视野。

发现那女人

然后,这个女人在我面前不再蒙面,带着天生的端庄。
源于丰饶的尊严,现在她的姿态自在了,向我,唯一
　　真正亲爱的人起誓。
在这样的亲密关系中,我走路不再感觉疲累。
现在黑暗会降临,而月光将带来最赤裸的阴影。

哦，夜晚

在黎明辽阔又躁动的渴望之外
树木——桅杆般——现身。

痛苦正醒来。

树叶，树叶姐妹，
我听见你们的哀叹。

秋天，
濒临死亡的芬芳。

噢，青春，
刚刚才过去，那分崩离析的时刻。

青春高远的天空，
不受约束地涌动。

而我已是荒漠。

在这九曲回肠的悲伤里迷失。

但夜晚消散在远方。

大海的宁静,
愿望的星星之巢,

哦,夜晚。

1919 年

风景

早晨
她有一个清新思想的花环
在水花中闪耀。

下午
群山逐渐缩小成纤细的一小绺
那渐渐侵入的沙漠满是不耐烦
甚至睡眠都成了问题,甚至雕像都带着困惑。

傍晚
着火了,她看见自己是赤裸的。红色海面
变成深绿色,那不过是珍珠母。
事物内在的羞愧证明人类的痛苦是正当的
暂时揭示了那是对一切无休止的
浪费。

夜晚
一切都被拉长了,变薄了,混乱了。
火车出发的汽笛声。
而这里,现在不再有目击者
我真实的面目出现,疲惫又失望。

1920 年

II
选自《时代的感情》
（1919—1935）

利古利亚的寂静

那片柔软的水之平原逐渐缩小。

在它的瓮内,太阳
沐浴着,再次隐身。

一种娇嫩细腻的肤色正滑过。

而她未经思索朝着海湾张开
她眼睛的无限温柔。

岩石凹陷的阴影消失。

甜蜜从快乐无忧的蔷薇果中绽放,
真爱是一场寂静的燃烧,

而我享受一个静止的早晨
它吹拂
来自那雪白的翅膀。

1922 年

引诱

那个致命的
点燃爱又使爱心神不定的灵魂,
那个我也许始终在返回的公海,
不可能保持静止,你改变了,
并已经,在我达致一些目标前,
幻想完好如初,
你用另一个梦诱捕我。
正如大海,躁动又轻柔
在遥远处显露又隐藏
一座宿命的岛屿,
带着各种各样的骗术
你引领那个没有绝望的他,死去。

1923 年

非洲之忆

如今,在辽阔的平原和浩渺的海洋之间,
我将不会再独自启程,
再也听不到,来自遥远岁月,朴素的,清晰的,
刺耳的声音,消散在透明的空气中;
再也不会疯狂幻想脱掉衣服,裸体的
刻薄的美惠三女神,
以寓言的形式赞颂她们;
我也不再追求戴安娜
她正从稀疏的棕榈丛中走出
身穿轻盈的光之长袍,
(带着傲慢和矜持,她眼神迷离,
但无论她双眼顾盼在哪里,
都燃烧起鲜红炽热不幸的渴望,永远
追随
那无尽的天鹅绒)。

大海只是一条雾气蒸腾的线
曾经萌芽吞噬的线,而平原
看起来像一杯蜜糖
不再有滋味,以免死
于渴求,在纯洁的乳房上,戴安娜挂着

蛋白石项链,但它并不起伏
即使是隐形的。

啊!这是一个回忆模糊、渐渐淡去的时刻。

1924 年

鸽子

我听见别的洪水里的一只鸽子。

1925 年

岛屿

他在海边上岸，那里夜晚
连绵不绝，充满古老的令人着魔的树林，
他走进去，
而翅翼震颤的
声音，从沸腾之水
刺骨的心悸中
呼唤他回来，而他思考他看见
（憔悴，再度振作）
一道阴影；再次攀爬着，
他看见一个宁芙[1]
她的双臂环抱着榆树，
沉沉入睡。

在他的内心四处游荡，为了真正的火焰
避免被模仿，他来到一片草地
那里，少女眼中的阴影
浓重得有如
橄榄树林里的黄昏。
枝条滴答着

---

[1] 宁芙，古希腊神话中住在山林水泽间的仙女。

箭镞般慵懒无力的雨；
一些羊浸没
在微温的釉彩之下；
其他的羊啃着
那张鲜亮的草毯；
牧羊人的手仿佛玻璃制成
因微微的热度而发亮。

       1925 年

湖月黎明夜

纤弱的灌木丛,隐藏的
低语的睫毛……

怨恨变得苍白,瓦解了……

一个人独自经过
带着他无声的恐惧……

闪耀的流域,
运送到太阳的河口!

灵魂,你以反光,灿烂地回归,
你笑着取回
黑暗……

时间,颤动着飞逝……

1927 年

死亡颂

爱情,我年轻的徽章,
重新开始给大地镀金,
弥漫在那崎岖坎坷的日子里,
这是最后一次,我将凝视
(在峡谷底部,溪流
葱翠,洞穴
荒凉)追寻你光之踪迹
像那只孤独的鸽子
在渐趋昏暗的草地上心绪烦乱。

爱情,容光焕发,
即将来临的岁月是沉重的负担。

我忠诚的手杖被遗弃,
我将滑入那片黑暗的水里
没有遗憾。

死亡,干枯的河流……

无法记起的姐妹,死亡,
亲吻我

你将让我成为梦的贵宾。

我将走你所走的道路,
我将离去无踪。

你将逐渐灌输给我上帝
不被感动的心,我将变得天真——
不再思考或仁慈。

我的回忆被封闭,
眼神变得宽容,
我将成为至福的向导。

1925 年

它将唤醒你

美丽的瞬间,返回靠近我。

跟我说话,青春,
在这吞噬一切的时刻。

好想法,坐下一会儿。

矿脉里光线发黑
和镜中尖叫无声的时刻,
干渴暗藏危险的时刻……

而从最底部,最盲目的尘埃
带来黄金岁月的承诺:

以第一步的温柔
当太阳
触碰夜的大地
把一切阴霾化为清新,
让苍白回归苍穹
愉悦的身体将唤醒你。

1931 年

七月

当她猛扑向我们
那华丽的叶簇
变成悲伤的玫瑰色。

她融化峡谷,畅饮河流,
碾碎岩石,闪耀着,
她的狂怒难以平息,无法抚慰,
她布满宇宙,蒙蔽目标,
她是夏天,以灼烧的眼睛
跨越数世纪
她东奔西走,剔除大地的骨骼。

1931 年

朱诺[1]

如此圆润如此丰满,它令我疯狂,
你的一条大腿拉伸离开另一条……

愿你的疯狂开启苦涩之夜!

1931 年

---

[1] 朱诺,古罗马神话中主神朱庇特的妻子。

八月

让生者进入贪婪的哀伤,

单调的公海,
删除寂寞,

压抑的号角声来自沮丧的收成,

夏天,

你掀掉铺路石钻进幽暗的凹槽,

你重新唤醒罗马斗兽场中的灰烬……

厄瑞玻斯[1]在向你怒吼什么?

1925 年

---

1 厄瑞玻斯,混沌之子,永久黑暗的化身,古希腊黑暗之神。

每一束暗淡的光线

从海蛇的蜕皮
到可怕的防波堤
每一束暗淡的光线游荡在大教堂之上……

如同金色船头
太阳向一颗又一颗星星告辞
并在藤架下皱眉……

如同疲惫的表情，
黑夜再次出现
在手掌的凹陷处……

1925 年

克罗诺斯[1]的终结

那陌生又令人害怕的时刻
飘荡在苍穹的
膝上。

一种轻染丁香紫的朦胧
给群峰加冕,

那最后的呐喊抗议迷失了。

数不清的珀涅罗珀[2],众星,

主再次拥抱你们!

(啊,失明!
夜晚陷落……)

---

[1] 克罗诺斯,宙斯的父亲,时间之神。
[2] 珀涅罗珀,奥德修斯忠贞的妻子,在丈夫远征特洛伊失踪后,拒绝了所有求婚者,一直等待丈夫归来。

然后转而向奥林匹斯山求取,
睡眠的永恒之花。

1925 年

火焰

眼中带着火焰,一头患思乡病的狼
四处搜寻赤裸的宁静。

他只发现冰面上天空的阴影,

混合着转瞬即逝的巨蟒和摇曳的紫罗兰。

1925 年

回声

穿过月球的沙地,光着脚,
奥罗拉[1],喜庆之爱,你们这些人
被放逐的宇宙带有回声
在时光的血肉内留下,
一个隐晦的伤口,反复苏醒。

1927 年

---

1 奥罗拉,曙光女神。

两条注释

溪流环绕草地,
阴沉的湖水触怒灰绿色的天空。

1927 年

最后一刻钟

月亮,
天堂的羽毛,
洋葱皮般透明,
荒芜,
你在传送赤裸灵魂的低语吗?

从剧场废墟飞出的蝙蝠
究竟要对苍白的月亮说些什么,
那些梦中的山羊,
在干枯的枝叶间,犹如在帷幔似的烟里
以它全部水晶般的歌声——出自它的喉咙
一只夜莺?

1927 年

雕像

石化的青春,
哦雕像,哦人类深渊的雕像……

在这么多的旅行之后,那场大骚乱
在低语中
磨光了礁石。

1927 年

一阵微风

聆听天空
早晨的杀戮，
山丘爬进山坳
我又恢复往日的平静。

疲惫的树丛
抓牢脚下的斜坡。

从枝杈间
我再次看见鸟群飞起……

1927 年

泉水

天空变得太苍白
现在阳光返回
以泪泉播种春天

觉醒的毒蛇,
苗条的偶像,条纹状河流,
灵魂,夏日在夜晚重现
天空在做梦。

那么祈祷吧,我喜欢听你说话,
那富于变化的音调。

1927 年

群星

寓言再次在烈焰中高高升起。

他们将在风乍起时随树叶掉落。

但如果另一阵风吹来,
新的闪烁将重现。

1927 年

呼喊

夜晚已来临,
我在单调的草地上休憩
痴迷于
那无尽的渴望,
黑暗又盘旋的呼喊,
当它死去,光会阻止。

1928 年

寂静

葡萄硕果累累,土地已翻耕,

山峰正从云层中撤离。

阴影已坠落
在夏季灰尘覆盖的镜子上,

在摇晃的手指间
它们的照耀清澈,
又遥远。

与燕子一起逃离
那最终的折磨。

1929 年

傍晚

傍晚门廊下面
流淌着一条清澄的
橄榄绿色的溪流。

与摇曳的恍惚的火融为一体。

烟雾里,现在我听见蛙鸣和蟋蟀声,

柔嫩的草在颤抖。

1929 年

上尉

我总是准备出发。

当你拥有秘密,夜晚,你是仁慈的。

当我如同孩子般醒来
惊恐地聆听野狗在空旷大街上的
嚎叫,我会安慰自己——
比圣母像前的小油灯都多
它们在那房间里永远
燃烧,看起来
像神秘的伙伴。

而这不是在追逐
我出生之前的回声,
我的内心对人充满惊奇?

但何时,夜晚,你的脸庞是裸露的
抛掷于岩石上
除了纤维、元素,我什么也不是
疯狂,在一切物体中显而易见,
谦卑碾轧我。

上尉是安详的。

(月亮升上天空)

他很高,从不躬身。

(它攀爬于云层之中)

无人看见他战死,
无人听见他呻吟,
再次出现,他安稳地躺在犁沟里,
双手放在胸前。

我合上了他的眼睛。

(月亮是一块面纱)

他似乎由羽毛制成。

1929 年

母亲

当我的心最后一次跳动
推倒阴影之墙,
引领我,母亲,到上帝那里,
就像从前你牵着我的手。

你双膝跪下,坚毅地,
在那永恒的雕像面前,
那种他常常看你的方式
在你活着的时候。

颤抖着,你抬起年迈的双臂,
就像你咽下最后一口气时,
说着:我在这里,我的上帝。

而只有当他原谅了我
你才会有打量我的愿望。

你将记起你曾长久等待我的到来,
然后一丝慰藉的叹息迅疾掠过你的眼睛。

1939 年

光在哪里

像一只云雀在它的空中之路上,
在清新草地上的欣悦之风中,
来吧,我的双臂知道你的失重。

我们将忘记这里,
以及邪恶与天堂,
我热血沸腾,
而记忆阴影的痕迹
在黎明的红晕中。

那里光线不再挑动一片树叶,
梦想和忧虑去了另一个海滨,
那里夜晚扎根下来,
来吧,我将带你
前往金色的山丘。

时间静默,从成长中获得自由,
在它落下的灵光里
将是我们的床单。

1930 年

怜悯 [1]

1
我是一个受伤的人。

我希望某日离去
并最终抵达,
在怜悯这里,那孤单的人
最终被听见。

除了骄傲和美德,我一无所有。

在人类之中,我感到被放逐。

而我却为他们受苦。
我不配再找回自我吗?

我心中充满各种名称的沉默。

我已将思想与心灵撕成碎片
以便沦为词语的奴隶?

---

[1] 翁加雷蒂将这首诗视为他回归基督教信仰的第一个明确标志。

我是幽灵之王。

噢干枯的树叶,
灵魂四处游荡……

不,我恨这风还有它古老的
残忍的声音。

上帝,那些现在哀求你的人
仅仅知道你的名字?

你将我从生命中放逐。

你也将把我从死亡中放逐吗?

也许人根本不配拥有希望。

难道连悔恨之泉也已干涸?

如果它不再能带来纯洁
罪又有什么不同?

肉体几乎不再回忆
一旦当它强壮起来。

灵魂被利用，变得愚蠢。

上帝，想想我们的脆弱。

我们想要一种确定性。

你甚至不再嘲笑我们？

那么好吧，残忍，请怜悯我们。

我再也不能被隔绝在
没有爱的欲望中。

请给我们指引一些正义的迹象。

哪条律法是你的？

以一个霹雳摧毁我可怜的情感，
将我从浮躁不安中解脱。

我厌倦了无声的呼喊。

2
渴望着的肉体
曾经充满欢愉,
沉重的眼皮,无精打采的眼睛,
你能看见吗,我烂熟的灵魂,
坠落在泥土上,将成为什么?

死亡之路穿越生者,

我们是一连串幻影,

它们是我们睡梦中爆裂绽开的谷粒,

它们将隔阂留给我们,

而它们的影子给予名望以重量。

难道这就是我们的命运吗
许多幻影中的希望?

而你不过是一场梦,上帝?

我们狂妄地想与你类似,
至少:一个梦。

这是最清醒的疯狂的诞生。

在黯淡的枝条中,它不再颤动
犹如清晨的麻雀
落在眼睑的边缘。

在我们内心它活着又枯萎,神秘的创伤。

   3
那道激励我们的光
是一条越来越细的线。

你不杀戮,就不再耀眼吗?

请赐予我这至高无上的喜悦。

   4
人,单调乏味的宇宙,
笃信于他的财富的囤积,
而从他紧张兴奋的手中
只有结局不断出现。

他的蜘蛛网

悬在虚空之上，
他怀着恐惧和诱惑等待着，
可除了他自己的呼喊什么也没有。

通过竖起墓碑，他避免了自己的死亡，
而为了想念你，永恒，
他只有亵渎神明。

1928 年

该隐

他跑着穿过传说中的沙漠
他腿脚很敏捷。

哦,狼群的放牧者,
你有流光闪动的牙齿
咬痛我们的日子。

恐惧,冲动,
森林喘息着发出咯咯声,那只手
那只有如老橡树般啪地折断的手,
依照内心的形象,你被创造。

当那至暗时刻来临,
身体飘浮
是你在那片令人着迷的树林中吗?

当我满怀渴望猛地闯进去,
天气变换,你狐疑地徘徊,
在我的脚步声中,你逃离。

安睡,犹如阴影中的一股幽泉!

当晨光再次隐去,我的灵魂,
你会受到一道
刚刚碎裂的海浪的欢迎。

灵魂,我永远不知道该怎样抚慰你?

是否在这黑夜之血里,我将永远看不见?

单调乏味,那放肆无礼的女儿,
回忆,持续不断的回忆,
那儿没有一丝风,那带走
你尘埃云雾的风?

我的眼睛将再次天真无邪,
我将看见永恒的春天。

然而,最终,
哦记忆,你是诚实的。

1928 年

祈祷（2）

这世界曾经多么美好
在人类到来之前。

人类在那里发现了魔鬼的恶作剧，
把他的淫欲作为天堂，
他的幻想，他视为创造，
他假设这时刻不朽。

生命对于他是巨大的负担
犹如死蜜蜂翅膀下面
那只拖拽着它的蚂蚁。

从永恒到消逝，
主啊，永不动摇的梦想，
更新着你的圣约。

哦！安抚这些儿女们。

让人类再次有感
人类，你向你自己攀爬
经过无尽的痛苦折磨。

成为尺度,成为奥秘。

净化着爱,
让会骗人的肉体再次复活
那把救赎的梯子。

我想听你再说一次
你的灵魂中将结合的,
最终无效,
而在这之上将会形成
永恒的人性,
你幸福的睡眠。

1928 年

死亡冥想

第一首歌

噢,阴影的姐妹,
越是在夜间,那光线就越强烈
死亡,我的追逐者:

在一座质朴的花园
天真的渴望带你进入这个世界
而宁静,
忧郁的死亡,
在你的唇间消失。

从那一刻起
我在我思想的涌动中听见你
不断加深着距离,
永恒那痛苦的仿效者。

在心跳和孤独的
恐惧之中
岁月狠毒的母亲

被惩罚的,微笑的美人,

在肉体的沉睡中
难以捉摸的梦想家,

我们伟大的
永不停息的运动员,

一旦你征服我,告诉我:

我的影子是否会在生者的悲伤中
长久飘荡?

第二首歌
以过度热切的逢迎
我们父辈阴郁的守夜
发掘着我们不幸面具下的
那些私密生活
(无尽的领地)。

死亡,无声的言语,
血沉积
在砂质河床上
我听见你像一只蚱蜢
在暗淡玫瑰的倒影中歌唱。

第三首歌

我们祖先永不休止的俏皮话
蚀刻我们不幸的面具上
隐藏的皱纹。

哦,混乱的寂静
在那道深沉的光中,
你坚韧一如翻腾不安的蚱蜢。

第四首歌

云朵用手牵着我。

山上,我燃烧空间和时间,
一如你的信使,
一如梦,占卜死亡。

第五首歌

你闭上眼睛。

夜晚诞生,
布满伪造的洞眼,
缄默的声音
如同沉入水中的渔网上的

软木浮漂。

你的双手变成
不可冒犯的远方的一丝微风,
难以捉摸犹如念头,

和那轮晃动的月亮
而它的摇曳——可爱,温暖——
如果你想把他们放在我的眼睛上,
请触摸我的灵魂。

你就是那个路过的女人
像一片树叶

在秋天点燃那片树林。

第六首歌
哦,可爱的猎物,
夜色中的声音,
你的姿态,让我
燥热,亢奋。

只有你,癫狂的回忆,
可以俘获自由。

梦想，难以捕捉，摇曳不定
在雾蒙蒙的镜子中，什么样的罪恶
你没有透露给我，教我如何实施
去伤害你的肉体？

与你在一起，幽灵，我就永远不会退缩，

当黎明来临
你的悔恨注满我的心。

1932 年

贝都因人之歌

女人醒来歌唱
风跟着催她入眠
她横卧在大地上
而真正的梦带走她。

这大地赤裸
这女人热情
这风强劲
这梦寂灭。

1932 年

歌

我再次看见你慢慢张开的嘴
(夜晚的大海涌动着迎合它)
和你耻骨处的牝马
你痛苦地
投入我的怀抱,歌唱着,
再次看见那为你带回
色彩和新的死亡的睡眠。

而那残酷的孤独
如果他爱,每个人都在自己身上发现,
现在是一个无尽的坟墓
将我与你永远分离。

爱,遥远如在镜中……

1932 年

……

当每一盏灯熄灭
我只看见我的思想,

在我的眼睛上,夏娃放置了
失乐园的暗影。

1932 年

祝贺他的生日
——给贝托·里奇[1]

太阳温柔地缓缓落下。
一片过于明亮的天空
被白昼撤回。
它散布孤独。

犹如遥远之处
充斥着各种声音。
如果它逢迎,就是伤害,
这个时刻拥有奇特的艺术。

这难道不是已获自由的
秋天首次露面?
这可爱的季节携带着
愚蠢的礼物
实际上是仓促地把自己镀上金
已没有任何其他秘密。

然而,然而,我会喊叫:

---

[1] 贝托·里奇(Berto Ricci),1926年在佛罗伦萨大学获得数学和物理荣誉学位,在普拉托、巴勒莫和托斯卡纳等大学担任数学和物理教授。

那种飞逝的年轻感觉
那种将我持续锁闭于包围着我的黑暗
并允诺那些形象直到永恒的感觉:

苦难,不要离开我,留下!

1935 年

没有重量
——给奥托内·罗西[1]

为了笑得像孩子的神,
这么多聒噪的麻雀啁啾,
在树枝上舞蹈,

灵魂变得没有重量,
那片草地如此柔软,
如此纯洁在眼中苏醒闪烁,

双手如树叶
在空中沉醉……

如今谁在恐惧,谁来审判?

1934 年

---

1 奥托内·罗西(Ottone Rosai,1895—1957),生于佛罗伦萨的意大利画家。

繁星闪烁的宁静

树与夜
不再移动
除了巢穴。

1932 年

Ⅲ
选自《沙漠和之后》
（1961）

灯神鲁尔的大笑

太阳笔直地下沉；此时，一切都悬而未决；每个动静都被掩盖了，每个声音都被抑制了。这不是阴暗的时刻也不是光明的时刻。这是乏味至极的时刻。这是盲目的时刻；这是沙漠之夜的时刻。那些被虫蛀的岩石不再凸出，沙子里恍若有白色的皮肤真菌。即使那精致的细沙波纹，也在从四面八方一起劈头照射下来的光线密集的纬纱阵列中沦陷了。这儿不再有天空，也没有土地。一切都是一种炙热而统一的灰黄色，人在其中吃力地移动，仿佛在一片云朵中。啊！如果不是因为从你脚底的抽打中释放你的血液进入歌曲，沙哑的，忧郁的，诅咒的，你会说这是虚无。它进入你的血液就像这道绝对之光的经历，那在干燥中遭磨损的光。而从这大地的秘密中，就像众多苦难的一声回响，你感觉到你被扼杀的血液爆裂。这儿在此刻没有蝗虫，为了像猫一样贪吃的游牧民族准备的那些蝗虫，一只也没有。（记得吗，在《利未记》[1]中，这些小野兽的美丽名字，"有足有腿、在地上蹦跳的"？你们可以吃各种各样的草，各种各样的的油，各种各样的粗酒石，以及

---

1 《利未记》，《圣经·旧约》中的一卷。

各种各样的阿伽布。）这个时刻没有蝗虫，没有变色龙，没有豪猪，没有蜥蜴，没有蝎子；这儿没有鹌鹑，没有豺狼，没有屎壳郎，没有角蝰蛇；但我磕磕绊绊走过一具梅哈里[1]的骨架，今夜当海风在它的肋骨间抽打时，它会发出乐声；在那一刻，它就像一把月亮的耙子；乌拉德-阿里用他的拐杖挖掘沙子令我惊讶，他躬身展示梅哈里木乃伊般的头颅；然后，不碰它，用他的脚推动沙子，他会小心翼翼地将它重新掩盖。

当光线开始倾斜，这个时刻黑暗不会减少；但它失明的方式不同。一个阴影的面具从陡坡上碎裂的地方露出来。凡是亲眼看见过小心翼翼逼近的任何一个阴影的人，都不会奇怪我会想到的这个形容词：强盗影子。它似乎不依附任何东西，也不依赖任何东西，它被删除了，而一个文字游戏爱好者甚至可能称之为：放荡的阴影。在这里我动情地重复了许多画家说过的话，他们自 19 世纪初以来，为了重现这些效果，耗尽了自己的精力，但都是徒劳。如果我盯着那阴影，它会一点一点聚集起来成为它自己，它是画面的核心，位于涌动的光线巨大的条纹中间；如果我持续地盯着它，它呈现出一潭死水玻璃般又或金属般的透明度。但闪烁着，带着一种内在的干燥，犹如石灰或灰烬般耗尽，它是一种没

---

[1] 梅哈里，一种作为坐骑的单峰驼。

有水分的水，一种无情的水：它是一种尽管不卫生或被污染，但也不能缓解口渴的水：它是光的残酷伎俩。在影子被吞没的地方，我看见两个人和他们的动物一起休息，而他们热得像煮熟的脸不时晃动着，在这张脸之外，也许可以确定他们与观察者、黄褐色的沙子，还有羊毛斗篷之间有多远距离；现在，一切都变成一种略带亚麻色的摇曳不定，带着一些转瞬即逝的污渍犹如罗望子汁的残留；一切——每一件看得见的东西——都被一层逐渐染成紫色的焦黄色镶了边。那些可以被测量的距离现在全是扭曲的果实：那是扭曲距离的时刻。土壤被上了刑具受到折磨，那一股蜂拥而至的气流在大地之上盘旋，犹豫着。当一个人再也受不了它，他在冷汗中爆发；而沙漠里弥漫着发烧的空气。现在空气中互相搭接着许多不同的层级。空气稀释变化着，当它们上升的时候；最高的温度和最液态的层级在底部。而现在它可以发生在那平原的高点，那儿也许是一棵树或一片空地和一座喷泉，或者那儿除了荒凉什么都没有，尽管总是一种阴影的表象——那个点的图像恰好从最不闪亮的面板上脱落，上升并反射到一个更模糊的面板上，进一步混淆了我们的距离感。海市蜃楼……如果不是图像与物体的扭曲分离，我们内心深处最疯狂的根源又是什么？

当光线已经很斜了，甚至它们的折射也不那么完整——即使那样，我也将不得不闭上眼睛。为什么我感觉到我眼皮底下有一圈血红色的烟？我的眼睛再次小心翼翼地睁开，我将看见那片天空；但不可能说它是清澈的：在苍白的蓝色之上，有一个红色的肉芽般颗粒，以及轻微烧焦的边缘——黄色染成紫色。现在我了解了我周围的几英里：我了解这一点，但以一种奇怪的方式：离我几步之遥的地方，人们正穿越一大群翅翼发着光的蚊子；而我将了解在我前面的人，那隐藏他们并与他们一起前行的光环，而我将从各种光环的不同强度中量度那空间，并且已到达天空附近的洞穴——光谱——人们将最终出现在我面前。

他们说在这些据说是静止和死亡的地方，风是运动和生命唯一且仅有的元素。不：光是生命的元素，也是沙漠中悲剧的元素。

并不是说沙漠的风不是一种骇人的东西。这儿有坎辛风[1]，我自孩童时就已经知道。这风他们也称之为西蒙风、西洛可风、谢赫利风；这是一股杀气重重的风，从西南方旋转着刮来的狂风。这两天，我一直在听。根据原始的沙漠信仰，那些红色的快速旋转着的沙尘柱，痴狂地冲向我们，有一种辛辣的气味，让你眩晕和沮丧，进入你的鼻孔、嘴巴、眼睛，以及皮肤毛孔，并逐渐灌输进你的身体，在你身体的每一个缝隙里都是一种摩擦和重压，就好像他们在你身上装满了铅，你的肉体被铁锈覆盖，只有用砂纸

---

[1] 坎辛风，埃及和苏丹共和国常见的一种季节性灾害性天气。

才能把它抹去——正如古老的撒哈拉宗教所相信的，那些沙子的微小颗粒是舞动的神灵，直到今日，图阿雷格人还用面纱，那些利瑟姆[1]，把他们的脸庞包裹起来，因为那些邪恶的神灵：如此那魔鬼就不能通过嘴和鼻孔进入身体。

我问乌拉德-阿里：

这风会伤害许多人吗？

他笑了。他们不是死于风。他们死于干渴。

当一个男人出发走上人迹罕至的路，徘徊在光晕中，除了谚语没有别的保障，"将北极星固定在你的右眼中，跟随它直至傍晚的星星出现"，直至金星出现改变欺骗伎俩，再次清空那片天空——当一个人在那颗星的后面出发，发出一声既不深沉也不高亢的声音，"嗯，嗯。阿拉伯的酋长，嗯？"他离开数周又数月，没完没了地唱着这首歌，他的声音被光线模糊了："你在哪里，阿拉伯的酋长，哪里，噢哪里？"——如果他偏离那条路哪怕只是一点点——干渴就等着他并把他吞噬。然后他就会了解最后那道刺眼眩光。当白昼突然降临夜晚，那些岩石，像门农[2]般，将会发出干燥的，嘎吱嘎吱的碎裂声。一只脚也许陷入沙

---

[1] 利瑟姆，一种裹头巾，撒哈拉沙漠的图阿格雷人除了眼睛外全都裹起来。

[2] 门农，门农是厄俄斯和提诺托斯的儿子，也是埃及和埃塞俄比亚的法老，在特洛伊被希腊军队包围时，他帮助了此城，并杀了敌军的儿子，但自己本身也被复仇的阿喀琉斯所杀，门农的母亲请求宙斯让她的儿子一天之中至少醒来一次，因此每天清晨时，门农即会发出一声长长的叹息，回应他的母亲厄俄斯。

子中，而数十亿微小颗粒砰砰地互相撞击着，制造出擂鼓般的声音。鲁尔？他是那黑天使！死于干渴！灯神鲁尔的大笑！嗯，嗯，阿拉伯的酋长，嗯？

如果那些阿拉伯人从沙漠归来。啊！大獒犬在他的血管中咆哮。这就是为什么那些游牧部落成员是无可救药的：沙漠是酒，是毒，它点燃的怒火只能用鲜血和绻缱爱情去扑灭。

在死亡（他数千年的存在已印入他的血脉中）的许多感觉之外，埃及人已接受来自阿拉伯人最悲伤的感觉：对于欢愉的欲望是一种极端的渴念，痛苦不会减轻除非是在疯狂中。这种感觉：那疯狂就像灵魂的增强，那灵魂的奖赏是自由进入感官的致命快乐。

IV
选自《悲痛》
（1937—1946）

我失去了一切

我已失去童年的一切；
我永远不能在叫喊中
再次忘掉我自己。

我已把童年
埋在夜晚最遥远的深处，
如今，隐形的剑，
将我从一切中斩断。

我记得我爱你时的欣喜，
而如今我迷失
在夜的无穷扩张中。

绝望，绵延不尽，
生命于我已无意义，
不过是梗在喉咙深处的
一块叫喊的石头。

1937 年

假如你,我的兄弟

假如你活着回来遇见我,
你伸出手,
我仍然可以握紧,
兄弟,在突然的忘却中,
一只手。

但你什么都没有,没有任何事物环绕我
除了你的梦,微微闪烁,
没有火苗的往昔的火。

而对于我自己,
所有记忆打开都是画面——
我已经不再比思想的
寂灭更虚无了。

一天又一天[1]

1

"没有人,母亲,曾遭受过这样的痛苦……"
那张脸已模糊
但眼睛依然鲜活
从枕头转向窗户,
房间里挤满麻雀
来啄食父亲为了逗引孩子
撒下的面包屑……

2

如今,只有在梦中我才可以吻
他信任的双手……
我聊天,我工作——
几乎没有改变——我害怕,我抽烟……
我如何忍受这样的夜?

---

[1] 1939年翁加雷蒂九岁的儿子夭亡后,诗人在不同时期所写的一系列纪念性诗歌片段。

3

岁月会带给我

天知道还有什么可怕的事,

但如果我感觉你在我身边

你会安慰我……

4

永远,你永远不会知道它如何让我充满光明

阴影羞涩地来到我身边站着,

当我不再期望……

5

如今,那天真的声音在哪里,在哪里

那迅疾回荡在房间里,

抚慰疲惫之人烦恼的声音?

尘世毁灭了它,一本故事书

流传保护了它……

6

每一个别的声音都是正在消逝的回声

现在正是它在呼唤我

从那永恒的山巅……

7
我在天空搜寻你的欢颜:
愿我的眼睛不再看见任何别的东西
当上帝也因感动闭合它们的时候……

8
而我爱你,爱你,却是一场无尽的撕心裂肺……

9
凶猛的土地,无垠的海洋
把我和坟墓分开
如今,殉难的躯体
被随随便便埋葬在哪里……

不管怎样……越来越确切
我听见灵魂的声音
我不知道如何在这里保护……
它隔离着我,始终欢乐和友好,
时时刻刻,
在它单纯的秘密中……

10
我已返回到山岭,亲近可爱的松树,
你我将再也听不见
本地口音在空气中的律动,
每一阵狂风都将我击碎……

11
燕子飞过,夏天随她而逝
而我告诉自己,我也将离去……
但那撕裂我的爱也许会有一点痕迹
留下,除了眼里这短暂的噙满的泪水,
如果我从这地狱里得到某种平静……

12
斧头下不再幻想的枝条
几乎没有抗议就断落了,甚至,
比微风轻抚下的树叶还要脆弱……
而那柔嫩的形象被狂怒
重击而一个满怀爱意的
声音耗尽了我……

13
夏天不再给我带来愤怒
春天也不再带来它的预感;
秋天,你可以带着白痴般的显赫光彩
走你的路:
为了一种赤裸的欲望,冬天
延长最温柔的季节……

14
秋天的干燥早已
深深浸入我的骨髓,
但,一种从阴影中延伸出的,
从未终结的狂野光辉
抵达:
隐藏那沉沦暮色的
折磨……

15
我总是毫无悔意地忆起
感官那令人极度痛苦的魅力吗?
听,瞎子:"一个灵魂让我们
仍未被共同的灾祸所伤……"

相比感受我体内几乎耗尽的
那糟糕透顶的内疚的颤抖
不去听他纯洁的欢呼
会不会对我的打击要少一点?

16
从窗户传来的耀眼光芒中
桌布上的一道反光将阴影裁成方形,
在罐子微弱的光泽中
花坛上肿胀的绣球花,醉醺醺的雨燕,
火光熊熊的云层中的摩天大楼,
一个在树枝上摇晃的孩子,回到脑海……
海浪不知疲倦的轰鸣
强行闯入我的房间
然后,在蓝色地平线令人不安的
寂静中,所有的墙消失……

17
天气和煦,也许你正从附近路过,
说道:"愿这日头和如此广阔的空间
抚慰你。在这纯净的风中
你能听见时光流逝及我的声音。
我一点点地聚积自我

终止你的希望那无言的冲动。

对你来说,我是黎明,是完好无损的白昼。"

1940—1946 年

时间静默

在一动不动的灯芯草中时间是静默的……

独木舟漂流,远离系缆桩
桨手疲惫而怠惰……天空
已落入烟雾的深渊……

在记忆的边缘徒然延伸
它的跌落或许是一种怜悯……

他不知道

那是同样虚幻的世界和心灵,
在它自身波浪的神秘中
每一种尘世的声音都遭遇了海难。

苦涩的平静

或者在十月的某个中午
从平静的山岭上
在下降的浓云中
狄俄斯库里兄弟[1] 骏马
的蹄下,一个小男孩
停止痴迷,
在波涛上飞翔

(穿过痛苦平静的回忆
朝向香蕉树和
巨型海龟的阴影
漫游于广阔浩渺的
冷漠水域:
在另一个星系下
在奇怪的海鸥群中)

出发去那个男孩所在的平原

---

[1] 狄俄斯库里兄弟,宙斯和勒达的双生子卡斯托耳和波吕丢刻斯的合称;死后成天上的双子星座。他们被视为战士、体操运动员和水手的守护神;他们的名字成为情同手足、难舍难分的友谊的代名词。

在沙地里翻找
他可爱的手指
被逆风的雨淋湿,
他们的透明被闪电点燃,
抓住全部四大元素。

但死亡是无色的,没有感觉
对所有律法一无所知,一如既往,
已经开始用无耻的牙齿
小口小口食用他。

你崩溃了

1

那些众多的,巨大的,杂乱的,绿灰色的岩石
在隐藏的投石器里,静默地强烈颤抖着
令人窒息的原始烈焰
或在可怕的原始激流中
一头栽进不能平静的爱抚——
在闪闪发光的沙地上,坚韧地
沿着空旷的地平线,记得吗?

那棵倾斜的南洋杉,巨大
带着渴望,敞开着朝向山谷中
那唯一聚拢的树荫,
它孤独的纤维扭曲成燧石
比别的被诅咒的更有抵抗力,
它的嘴巴用蝴蝶和青草制造着清新
它从自己的根部分开——
还记得吗?在一块三拃宽的椭圆鹅卵石上,
一个寂静地咆哮着的东西
像魔法,突然出现
在完美的平静中?

从枝条到枝条,一只欢快的金冠鹟鹩,
你饥渴的双眼充满好奇地燃烧
你让斑斓的山巅全属于你
悦耳的,任性冲动的孩子,
再次去看看,沿着又深又平静的海洋鸿沟
那闪烁的底部
奇异的海龟
再次在海草间醒来。

大自然最遥远处的
物种和水底盛况——
致命地警告着。

2
你常常伸展开臂膀犹如双翼
并让风儿重生
奔跑着进入阴沉静止的空气中

从未有人看见你飘逸的
跳舞的脚静静地站立。

3
快乐的女神,

你不可能不崩溃
对抗如此执拗的盲目
你单纯的气息和水晶，

太多的人性光辉换取赤裸的太阳
那冷酷，野蛮，持续连绵，喋喋不休的
咆哮。

我的脚步狂乱

日常的街道——
我的脚步狂乱如同机器人——
习惯于充满魅力地行动
当我走路
再也不能展现他们
阅历带来的丰富的优雅
在尽我所有幽默的移动中,
给予他们生命徒劳的标志
当他们揣度我们时。

当窗户在夕阳中映红——
但这些房子从中再也找不到乐趣了——
如果我终于习惯停下来,
没有幻想只想寻求宁静,
在隐蔽的房间
谨慎的阴影下,
虽然他们的声音依然柔和,
现场没有一个随意放置的物件,
随我一起变老,
或者涉及到我生命中
某些重大事件残余的影像

会突然回来,环绕我,
释出内心的语言。

我提供的学习的手臂亦然——
淫荡的眼光
被隐藏的泪水消融
荒谬的耳朵——
卑微的希望
把张开手臂的米开朗琪罗
飞快地驱向所有空间的墙壁,
不向灵魂妥协
即使是破碎的权宜之计。

通过他凄凉的战栗,他给予
城市一对翅膀,像秘密的种子
使特定的天空成为永恒,
使穹窿尚存疯狂。

在岩层中

在岩层中是几乎空掉的坟墓
那依然奔腾的渴望,
在我冰冷的骨头里,石头,
在灵魂中扼住悔恨,
不可拯救的罪孽:消灭它们;

悔恨的号叫连绵不绝,
在难以形容的黑暗中
可怕的隐居
救赎我,从漫长的睡眠中
唤醒你的慈悲。

愿你突然泛红的
母性之芽,再次升起
恢复,让我惊奇;
缓过神来,意外于,
不可思议的测度,平静;

让我在不确定的风景中,
可以再次说出朴实的话语。

山上死者

我能看见的事物很少
而四月,永远
在追踪不能溶解的云,
然而突然微光闪现:
在斗兽场上方,若隐若现
在最远处的薄雾中,一片苍白
猛地跌落到眼眶里
苍天的命运不再
兴奋或激动。

正如,远远地
飘忽着经过的幽灵
在幻想的极限
收起光的亮度,
在我身旁出现
墙脚下的行人
失去他们的身材
而高处的荒野隆起,
一如影子说话,令人震惊。
倾听奇异的鼓声
深沉的回响,

极度焦虑的意志——
即使当它看起来筋疲力尽,遍体鳞伤——
我是否有所回应?
因为,从遥远的事件中涌动着
骄傲的幻梦——仍然
熟悉——不会迷惑我:
那不是乡愁,不是狂热
也不是嫉妒一成不变的宁静。

就在那时,当我从马萨乔[1]的十字架苦像[2],
进入圣克莱门特,
他们欢迎我:死者——断了气
而马匹嘶鸣
在下方,变成石头,静静倒下——
在苍白的废弃墓地的
后面苏醒:
死者,在山上
从微云中悄然显灵。

从顽固的雾霭中起身
就在那时,我顿悟
为什么希望还能激励我。

1　马萨乔(Masaccio,1401—1428),意大利画家。
2　十字架苦像,耶稣受难的画像或艺术品。

它会发生吗?

始终在痛苦中绷紧
在死亡的边缘:
可怕的命运;
然而,还是热望恩典,
在你巨大的痛苦中
你再次意识到,
从来不曾给你带来和平,
在我们憧憬的开始和结束时,
它被一个共同的希望所慰藉,
人类也一样,
只有一个孩子,一个永恒的呼吸。

悲情的祖国,你慷慨地教导它
以每一种自由的语言,
还有那些古老的图像
拥有原始的起源,
一个新人,史前的根。

但在人们心中,它现在就会发生
那鲜活的词
再也不能孕育,

而你,越慷慨遭受的痛苦就越多,
在你心里
就再也发现不了它。越是充满活力
它就越发看不见地燃烧?

二十世纪以来,人类一直在杀害你
那不断给生命以重生的
所有神灵卑微的口译者。

疲惫的祖国灵魂,
它会发生吗,万物之源,
你不再闪耀?

梦想和呼喊,破碎的奇迹,
爱的种子,在人类的夜晚,
希望,花,歌曲,
灰烬的胜利现在会发生吗?

穷人的天使

现在,鲜血和大地残酷的怜悯
玷污了我们黑暗的心灵,
现在,诸多被虐杀者的沉默
每一次心跳时都在审判我们,

现在,让这穷人的天使醒来,
那灵魂永久的温柔……

带着数世纪永恒的姿态
愿他在阴影中
降临在他的祖先面前……

别再叫喊

停止杀害死者。
别再叫喊,不要叫喊
如果你还想听到他们,
如果你希望他们不被毁灭。

他们的低语难以察觉,
他们的声音不会
比青草生长的声音更大
欣悦存在于无人经过之地。

大地

在那把长柄镰刀上
也许有一道光芒,那声音
从岩窟中折回,逐渐地
游移迷离,而风也许会
带着别的盐分吹红你的眼睛……

你也许听见那艘下沉的轮船龙骨
在海中颠簸移动,
或者一只海鸥愤怒地啄食,
它的猎物已逃离,一面镜子……

你伸出双手用日日夜夜的谷物,
高高地堆满,
而你看见画在无形的
秘密墙壁上
那些第勒尼安[1]海豚的祖先,
然后,在船队
后面,飞跃着栩栩如生,
而你依旧是从不停歇的发明者

---

[1] 第勒尼安,地中海的一个海湾,在意大利西海岸与科西嘉岛、撒丁岛、西西里岛之间。

灰烬般的大地。

橄榄树林中一阵谨慎的窸窣声
也许会在任何时候再次唤醒
打盹的蝴蝶,
你们将仍然是死者卓越的守夜人。
那些不在此地的人不眠不休的干涉,
灰烬的力量——阴影
在银色中快速闪动。
让风持续咆哮,
从棕榈林吹到云杉林,让那喧嚣
永远悲痛,而死者
无声的疾呼变得更响亮。

V
选自《应许之地》
（1935—1953）

坎佐纳[1]
　　描写诗人的心境

那些裸露的手臂沉溺于秘密,
划着水,搅动忘却之河[2]的深处,
一点一点释放出激情的优雅
以及给予世界以光明的疲倦。

没有什么比那条奇怪的路更静默
那里树叶没有发芽,没有秋天,也没有冬天,
那里从来没有痛苦或快乐
那里苏醒从未与睡眠交替。

所有事物都向前倾斜,内里透明,
在这个可信任的时刻,当寂静累了,
从枝丫丛生的墓地上
重新伸展着测量那目的地,
萎靡成彩虹的回声——爱
从通风的河床开始惊讶
黑暗渐渐升起,在那种颜色里,
人生不止是一条弧线,睡眠,绷得紧紧。

---

[1] 坎佐纳,意大利及法国普罗旺斯地区一种从声乐中演变而来的器乐体裁。
[2] 忘却之河,古希腊神话中五条冥府河流之一。

幽灵卷须般的猎物从墙头跃出，
那些无尽瞬间的继承者，原始的形象
越来越排斥我们，然而，
就像闪电，打破坚冰，再次成为上帝。

越真实，她逃避着那个美丽的，
执着的目标，她越是触及赤裸的冷静，
并播种下近乎纯粹的愤怒的意念，
战栗着，反对虚无。在简单的尸体中。
她预言趋势，令棕榈树升起：
当她叹气时，露出灵巧的手指。

尽管她时刻准备用钝刀，
用朦胧的刀锋蹂躏和俘虏，
用失聪的刀锋摧毁灵魂，
我永远不会将目光从她身上挪开，丑八怪
尽管从贫瘠的深渊升起，
除了名声，没有任何形式是已知的。

如果，仍然为了冒险而激动万分，
片刻又再次从恐惧变为渴望，
我跨越伊萨卡岛[1]的逃亡之墙，

---

[1] 伊萨卡岛，希腊西部伊奥尼亚海中一个岛屿，奥德修斯的故乡。

我知道，现在我知道那人类故事的
脉络似乎打破了
黎明最终的蜕变。

没有什么看起来比那条路更新颖
那里的空间永远不会被光明或黑暗
或其他时间所瓦解。

描述狄多[1]精神状态的合唱

1
当影子消失,

跨越岁月的距离,

朝向不能挣脱痛苦的时光,

你听见胸中,那时年少
欲望蠢动
而惊慌中,在芬芳的脸颊上
你的眼睛
透露出四月不经意的火。

---

1 狄多,古希腊神话中迦太基城的建立者,扫罗国王的女儿,她的兄弟皮格马利翁即位后,杀死她的丈夫以夺取他的巨额财产。狄多带领忠实的下属逃往非洲。她打算建立迦太基城时,当地的国王赏给她一块"能够用一张牛皮包起来的土地"。她将牛皮割成细细的小条,拉长,再连接起来,结果围起很大的一片土地。她就在这片土地上建起了迦太基。不久狄多爱上了埃涅阿斯,两人住在一起,形同夫妻。朱庇特看出埃涅阿斯有意在迦太基安家,便警告他必须离开狄多,继续航行,去完成他命中注定的使命——建立罗马城。狄多哀求他留下,但是他拒绝了,说自己并不想离开,去意大利实在是迫不得已。当他扬帆起航时,狄多绝望了,在柴堆上自焚而死。

嘲弄，你机敏的
幻影，使时间凝滞
使它的暴怒最终为人所知：

离开那被腐蚀的心！

但当沉默的搏斗平息
夜会从成长中消失吗？

2
飘忽的火和
草地的战栗延续着黄昏
命运和永恒
似乎逐渐和解了。

然后，就像月光，回声未被察觉地诞生
与海水的颤动融为一体。
我不知道哪个更有活力：
潺潺地流入醉人的小溪
或是那个体贴的温柔无言的人。

3
现在风陷入沉默

而沉默是海；
一切静止：但我，独自，
大叫出我心中的呐喊，
爱的呐喊，我燃烧的心
羞愧的呐喊，
因为我看见你而你凝望我
而我不过是懦弱的客体。
我呐喊而心不平静地燃烧，
因为我不过是
一件荒废并被抛弃的事物。

4
我灵魂中一切都被窒息
摧毁，树木葱郁的赤道，水蒸气
凝结在湿雾氤氲的沼泽之上，
在那儿睡梦中涌起
尚未诞生的憧憬。

5
学童们仍未成熟，我们，
对他们成长太快而感到烦躁
以憧憬取代漫长的睡眠——
但朝着别处其他什么愿望呢？

所以他们发现颜色，散播香味——
那些首批成熟的果实
在光亮中出人意料地开放
通过温柔的诡计
后来只提供真实的滋味，
和我们一起迫不及待地去守夜。

6

神秘失去它所有的幻想，
漫长一生惯常的冠冕。
现在变换着它自己，
听任满怀恶意的悔恨滴滴落下。

7

在寂静的黑暗中
你走进谷粒脱尽的土地
你傲慢的身侧空无一人。

8

你秘密旅行，从我的脸到你的脸；
我的脸是你可爱容貌的镜子
我们的眼睛什么也留不住

绝望中，我们转瞬即逝的爱情
在迟疑的行程中永恒地战栗。

9
大海飘荡的风景
不再吸引我，黎明时
到处树叶上恼人的苍白也不再吸引我；
我甚至不愿和石头争执，
那远古的夜，我置于眼中。

图像有何用
对我来说，已忘却？

10
你听不见悬铃木，
你听不见树叶沙沙作响
突然落在河边的石板上？

今夜，我将美化我的衰落；
枯干的树叶将加入
愉悦的光芒。

11
没有休息
因为他们的空间允许
我们的亲密点燃一片云的飞翔,
挤在一起,
我们天真的灵魂
像孪生子般醒来,已在旅途。

12
在暴风雨中,在黑暗中,一个海湾伸展开
他们说得很确定。

群星闪烁的海湾
天空似乎亘古不变
但如今,发生了多大的变化!

13
当他从迷人的峰顶下来,
如果他的爱再被唤起,
不动声色,他会
清点它无数的棘刺,
散落在每个钟点里。

14
为了忍受他的光辉
你的目光,因为他的贪婪、大胆
愠怒而困惑
眼睛不再为你凝视
现在不会了;

为忍受怪异,
你依然崇拜疯狂的傲慢,
徒劳的恳求,你的眼睛
如今浑浊而干涩
将你的命运归咎于你的过错;
然而他们得不到丝毫魅力,
甚至不再释放一线光亮,
或者一滴眼泪,
你的眼睛浑浊而干涩——

浑浊,没有光。

15
被遗弃,你只会看到你的过错,
不再有一缕烟,引导至
睡眠的门槛,顺从地。

16
不再有阴影从绿色中倾泻而出
就像当年你是一个快乐的伏兵,
在夜里返身躺下
伴随着在田野里蔓延的黑暗的叹息声。
而不确定性第一次虚饰时
你变得紧张,鬼祟,似睡非睡。

17
从暮色中
你可以拖拽出一只绵延不尽的羽翼。

以其最迅疾的羽毛
投下烦乱的阴影。
也许你会不停地
让沙地苏醒。

18
愤怒离开土地敌视谷穗
而城市,不久之后,
甚至失去了它的废墟。

我只看见浅灰色苍鹭

漫飞于沼泽和灌木丛间，
在鸟巢和贪吃的幼鸟的粪便旁
惊恐地鸣叫，
即使仅有一只乌鸦出现。

通过恶臭扩大
留给你的名声，
而你没有表现出其他自我的迹象
除了怯懦和麻痹，由于
你令人厌恶的叫喊，我看着你。

  19
你把骄傲落在恐惧中，
在无人理会的错误中。

帕利努儒斯[1]的吟诵

飓风已到狂怒的顶点；
我感觉不到睡眠的来临，
在汹涌的海浪中蔓延的油渍，
向自由敞开的田野，那是安宁，
那虚假的徽章刺在我的后颈上
以无尽的喷涌击倒我，致命地。

我的身体挣扎着，它所受的考验是致命的
当我突然陷入不确定的愤怒梦境
以此遮蔽了它的徽章的隐秘处
当它，狡猾的失忆，无声的睡眠，
与如同中毒般安宁的遥远回声一起，
使得厌倦只容得下海浪。

---

[1] 帕利努儒斯，《埃涅阿斯纪》的主要人物之一。传说帕利努儒斯之死同女神维纳斯有关，女神向从特洛伊城下逃出的埃涅阿斯的伙伴们预言说，他们之中必有一人丧生。维吉尔转述的另一传说中谈到，帕利努儒斯站在舵旁，睡眠之神许普诺斯乔装成福耳巴斯走近他，让他掌舵时睡觉，然后把他扔进海里。在地狱里，帕利努儒斯又见到埃涅阿斯并诉说了自己的遭遇：在他倒下的第四天他被海浪抛到意大利海岸，在那里被当地居民卢卡尼亚人杀害，他的尸体没有埋葬在沙滩上。女先知西彼拉向他预言，通过神谕的命令，他的死亡将得到补偿，一座坟墓将为他竖起，且把他死亡和安葬的海角取名为帕利努儒斯角。

波涛没有平息或者减小，
没有比这更具挑战性、更致命的对手——
当他们以为感觉的停滞是安宁；
然后，另一股愤怒的情绪来势汹汹；
我不知道是哪一个，飓风还是睡眠，
将要像它孤独的徽章一样吞噬我。

然后，我的眼睛发出一个象征的预兆
以我的火点燃精神世界的波浪；
通过原始艺术，天使充斥我的睡眠；
以技巧，他增加了致命的关心；
心知道，在拥抱中，就像愤怒的蠕虫。
没有更多怀疑，我倒下，没有安宁。

我就这样迷失了，永远地，逃离安宁；
通过坚决的忠诚，去象征
暴怒受害者每一次的绝望，
我倒下了，被冰冷愤怒的海浪逼退，
直到我和我的宿命一起长得巨大
睡眠的疯狂敌人，比波涛还疯狂，直插云霄。

我变得越是高耸，睡眠就越是
绑紧我；在安宁那支离破碎的外壳后面
我的眼睛被致命的残酷撕裂；
被挫败的舵手，溃散的标志，

为了赢回它,我试着配合徒劳的海浪;
但我的血管里却充满了暴怒

那暴怒从最后,最隐秘的睡梦中升起,
高于海浪,而作为安宁的象征,
我因此变得愤怒却并不致命。

没有变化

那一点微不足道的沙子
悄无声息滑入沙漏,
那对一朵云易腐烂的肉粉色
转瞬即逝的印象……

然后一只手将沙漏翻转,
沙子倒流回去,
宁静的银白色的云
在黎明最初几秒钟的阴郁里……

阴影中的那只手转动沙漏,
而那一点微不足道的滑动的沙子
是寂静,是现在唯一能听见的事物,
被听见,而且不会在黑暗中消失。

诗人的秘密

我独自拥有这友人般的夜晚。
和她在一起,我可以永远前行
瞬息之间的时刻不会虚度
但我的脉搏跳动的时光
我将永不惆怅。

因此当我觉得,
它又一次离开阴影,
希望,不可改变
在我心中,那火焰再度燃起,
在寂静中恢复
对你尘世的姿态
他们如此之爱,以至于永恒,
光。

终局

它现在不再悲叹或低语。大海，
大海。
无梦的田野，无色的大海，
大海。
也令人怜悯的大海，
大海。
没有倒影的云驱动着大海，
大海。
它把它的床让给忧郁的薄雾，大海，
大海。
它现在看起来太像死的，大海，
大海。

VI

选自《呼喊与风景》
（1933—1952）

《老人笔记》
（1952—1960）

《格言》
（1966—1969）

《对话》
（1966—1968）

应许之地最后的赞美诗[1]

1

所有过去的日子
和即将到来的日子
都在榨取今天。

多年来,历经数世纪
每时每刻都是惊喜
因为我们还活着,
生活永远在流动,总是在流动,
意外的礼物和痛苦
在徒劳的变化中
持续旋转。

如此符合我们的命运
是这段我要继续的旅程,
在发掘和创造
瞬间的闪光中
时间从始至终

---

[1] 写作日期为1952至1960年,收录于《老人笔记》,它们并不完全构成一个系列。包括若干诗人一直关注的主题——死亡、他死去的儿子、衰老的年纪,等等,都会从中体现出来。

像其他人一样成为难民
谁已经来了,谁,正在来。

2
如果有一天遇到其他人
我回来了,仍然想要找到我自己
并选择那一刻
它将在我的灵魂中永远安家。

人,或物体或事件
或陌生或熟悉的地方
激起了我内在的激情或痛苦,
或盲目的狂喜
或坚定的友谊
如今都是不可改变的,是我的一部分。

但我的生活,现在没有别的,
恐惧日渐生长着,
放大了空虚,挤满了阴影
留下来嘲弄它最后的
悸动的欲望,
它会被迫观看
沙漠漫延
直到它剥夺我

哪怕是记忆野蛮的仁慈?

3
当有一天离开你,
想想另一个窥探的景象
开始总是充满希望
虽然它折磨着我们
而每天的经历教导我们
那是束缚,解脱,或持久的
日子只是飘浮的烟。

4
我们逃往我们的目的地:
谁会知道呢?

那不是我们梦想的
迷失于变幻不定的海洋中的伊萨卡岛,
但我们的凝望转向西奈半岛的沙滩
那带来单调乏味的日子。

5
我们穿过沙漠时

脑海里浮现出一些残留的早期印象。

那是活着的人
所了解的应许之地的全部。

6

如果我们的旅程持续到永恒
它不会存活片刻,死亡
已经在这里,就在它面前。

一个中断的瞬间,
地球上的生命不能再存活下去。

如果一个人在西奈山山顶终结,
为了那些留下来的律法将来恢复,
妄想又变得无情。

7

如果你的一只手避免了不幸,
用另一只手,你发现
没有瓦砾,就没有完整。

从死亡中幸存——那是活着吗?

你的一只手和命运抗争，
但另一只，看，立刻证实
你只能抓住
记忆的碎屑。

8
我经常想知道
你和我曾经是怎样的。

我们也许是梦游的受害者？

在那些形同梦游的日子里
我们采取了哪些行动？

我们远在回声的光环里，
而当你再次出现在我心中时，我倾听我自己
在你早就预见到我们的睡梦
醒来的呢喃中。

9
每年，当我发现二月
感觉强烈，为了谦逊的缘故，是浑浊的，

含羞草盛开，黄色
以微小的花朵。它被框在我以前的
家的窗户里了。
而这个家，我正在此度过我的晚年。

当我接近那巨大的寂静，
如果它的幽灵不断回来
那是万物不死的标志吗？

或者我最终知道除了幽灵，死亡
是虚无之上最主要的事情？

10
你眼中隐藏着我的烦恼，
所以除了不安的变化，我什么也没
看到，在夜晚你孤独的休息中，
你记忆中的四肢，
在我习惯的黑暗中还在增添更多的阴影，
他们比以往任何时候都只是把我变成黑夜，
在无言的尖叫声中，夜。

11
这是雾，它盲目地飘浮着，你的缺席，

是希望将希望消磨殆尽。

远离你,我不再听到树枝上
树叶的絮语以发芽的声音
倾泻而出
当你引发春天的困倦
在我忧郁的肉体里。

12
对于一个转过身去的悲伤的人,西方
提供了它漫延的血污,
从黑夜记忆的深处
当被拯救时,在虚空中
很快就会被孤立
他们会独自流血。

13
秘密的玫瑰,你在深渊中萌芽
既然我刚刚吓了一跳,瞬息之间
记住那气味
当挽歌响起。
对我来说,奇迹被诱发,然后那个夜晚
和其他夜晚混杂在一起

当我追索，失去你又找到你，
从自由的高度
冲入滚烫的
炫目又撕裂的事实。

  14
它就像生长的光
或者在顶点：爱。

如果一瞬间
它移动越过正午
那么你可以称之为死亡。

  15
如果感性抓住他们
在绝望中寻找光明，
他视她为一朵云
贪得无厌地切断
暴风雨的冲击，束缚。

  16
从一颗星到另一颗

黑夜被虏获
在空洞的暴行的旋涡中

从一颗星的孤独
到另一颗星的孤独。

17
看不见的闪光
在困惑的空间
星星过着远古的生活
孤独的重负令他疯狂

18
去忍受这道光，它的鞭笞，
如果光出现，

去忍受这道光，去凝视它
眼睛都不眨一下，
我令你习惯了痛苦，
我为你赎罪，
去忍受这道光
我开始鞭笞它，
清除那凶兆，我们恐惧的喜悦

终有一天会变得崇高!

19
愿清醒与睡眠终结,
愿这无休止的渴望,你安慰的
悲痛,离开我疲惫的肉体。

20
如果你再一次忽视时间,
也许你不会再有
摆脱灵魂
让你瞬间快乐颤抖的感觉了?

21
莫非我将再次
变得诚实,如同一个孩子?

带着那双根本看不见
任何东西的眼睛,上升进入光,
泉水那纯洁的波动?

22

这是气喘吁吁的傍晚，喘不过气来，
如果你们，我爱着的少数死去和活着的人
记不起
给我带来的益处，当
傍晚独自一人，我理解的。

23

在这个忍耐的
和极度痛苦的匆忙世纪，
在有双重穹顶的天空下，
更重要的是形成一个外壳，那将
使我们变得渺小或没有制约，
在八英里的
高空飞翔，你能
看见时间，它变白成为
可爱的早晨，
你可以没有参考点
从环绕着的空间
来提醒你
你正在被弹射
以时速一千英里，
忘却那永不停息的好奇心
和人类宿命的意志

谁将永不知道如何停止成长
而确实成长至非人类的尺寸,
你能发现它是如何发生的
一个人可以起身离去
既不匆忙,也不用忍耐,
在面纱之下观看直到
大地燃烧,在夜晚。

  24
让风筝用它蓝色的爪子抓住我飞升
在太阳的顶峰,
把我扔到沙滩上
如投喂乌鸦的食物。

我将不再肩扛泥土,
我将净化,被火焰
被尖锐的嘎嘎叫唤的鸟喙,
被豺狼散发臭气的撕扯着的尖牙。

然后那贝都因人将揭示真相。
赤裸躺在他
用他的拐杖到处戳的沙子中,
一堆洁白的骨头。

25[1]

锡拉库扎[2]的夜晚没有月亮
兽皮和铅灰色的
死水在他们的沟渠中重现,

我们孤独地穿过废墟,

一个制绳人从远处走来。

26

被喘息的呼吸窒息,它消失了,
归来,再次归来,癫狂地归来,
而我在心里始终听到它,
变得越来越生动,
清晰,深情,更可爱,骇人:
你绝口不提的词语。

27

爱情不再是那场暴风雨
那场不久前,在夜盲症中

---

1 在锡拉库扎的古代,有一个绳子制造者群体,在洞穴中从事他们的行业。
2 锡拉库扎,意大利的一座沿海古城。

在失眠和疯狂的渴望之间
还魅惑着我的暴风雨。

它闪动着,从一座灯塔
朝着那个扬帆起航的,安详的,
年迈的船长。

1952—1960 年,于罗马

独角戏的最后一场

诗人，诗人，我们戴上
所有面具；
但人只能做他自己。
通过残暴的急切，
在大自然摆下的空虚中
每年二月，
在这些限制中，在日历上设置：
圣烛节[1]那天
当微火轻轻颤动
从阴影中再次出现
在一点初榨蜡[2]
的热情之上，
在"你是尘土，且将归于尘土"那天；
在空虚之中，出于离开它的急迫，
我们每个人（我们也是老人，
带着我们的遗憾
没有感受过的人都知道
多少幻梦

---

1 圣烛节，宗教及美食的双重节日，为了庆祝春天的回归。
2 初榨蜡，指初榨橄榄油中所含的蜡。

只靠悔恨而活着，会窒息）
在空虚中的不耐烦，是狂野的，
匮乏的，徒劳的，
去转世在某种幻想中
反过来，那将是空洞的，
而每个人都对此感到沮丧，
时光的诡计更换得太快，
逃脱警告。
梦想只适合孩子；
他们有诚实的恩宠
治愈所有的错误
因为它被呼吸更新或改变声音。
但是为什么
突然回忆童年？
在这个世界上没有任何其他事物，
除了真理的光芒
和尘埃的空虚。
即使，无可救药的疯子——
面对海市蜃楼的疾光电影
在他内心和行为中——活着的人
看起来总是触手可及。

永远

我不无耐心地梦见
我将屈从于这项
永不终结的工作,
渐渐地,在重生
臂膀的顶端
救援之手再次伸出,
眼睛再次睁开
他们的眼窝里将再次闪放光明
突然,你完好无损地
复活了,你的声音
将再次成为我的向导,
而我要永远再次见到你。

1959 年 5 月 24 日,于罗马

一个人

初始让我们歌唱
我们歌唱着结束。

> 1966 年 6 月 27 日至 28 日夜间,于罗马,
> 在床上打盹

1966 年 9 月 12 日

你穿着红色连衣裙
出现在门口
告诉我你被解雇了
它耗尽并重新激发。

你的红玫瑰柄上的刺
扎痛我,所以你
也许会吮吸我的手指
就好像我的血已经是你的。

我们走过整条街
以至撕裂荒凉
高地上的丰盈,
但我早就知道
怀着不计后果的信念受苦,
年龄对于获胜有多么不重要。

那天是星期一,
握着手
一起愉快地交谈
我们找到的唯一避难所

是繁忙城市里的
一座凄凉的花园。

海螺

1
如果你,亲爱的,坚持下去
你有所预感的耳朵贴近
黑暗中的海螺,
然后你就得问自己:
　"在一片回声中,
那叫嚣声是从哪里传来的?"

你的心战栗着沉默了
如果你仔细探察
那因回响而起的喧嚣声
以及你对听到它的恐惧。

无论谁问,它都会给出答案:
　"那难以忍受的喧嚣声来了
从一个疯子的爱情传说里;
此时只能检测到它
在鬼魂出没的时刻。"

2

如果你,亲爱的,按压
你预感的耳朵贴近黑暗里的
海螺:"从哪里来,"你会问我,
 "那喧嚣声辟开它
诱人声音中的道路
以突然的战栗使心冻结?

如果你看,
如果你仔细观察那恐惧,
我惊恐的爱人
你可能会讲述
一个疯狂的爱情故事
现在那只能被唤起
在鬼魂出没的时刻。

你会遭受更多
如果你思想里有海螺的声息
应该就是神谕
预示着会记住我,
哪怕已经成为一个鬼魂
在不远的将来。

嘴角的闪光

在我之前有成千上万的人,
即使比我都要年长,
迅速被一个嘴角的闪光
所伤。

知道这不是那东西
那减轻我所受折磨的东西。

但如果你怜悯地看着我,
和我说话,空气中将弥漫着音乐,
而我忘记伤口还在灼烧。

幸存的童年

1
被遗弃的感觉扼住我的喉咙
童年留在我身上。

厄运的迹象缓解。

病人的喊叫
被顽固的折磨扼杀
这是流亡者的命运。

2
我依然有一些童年的东西留下。

我放弃自己的方式
就是疯狂奔跑
喉咙中愈益发紧
这将是流亡者的命运吗？

我盲目奔跑
是为了缓解我的困境，

不停爆发的呼号
令你被折磨所扼杀。

秘密的克罗地亚

卡塔罗[1]海峡

1890年失去父亲之后，当时我只有两岁，母亲被我们的大家庭善意地接纳，一个老妇人像个大姐姐，她曾是我最温柔、心灵手巧的仙女姐姐。

许多年以前她从住过的卡塔罗海峡来到埃及，可能的话，她生来就比海峡当地人更具克罗地亚人的血统。

她教会我沉浸在那些从梦中走向我们的惊奇；没有人像她那样记得如此丰富的精彩绝伦的历险；也没有人比她深谙如何去讲述，因此一个孩子的思想和心灵可以被一种不容侵犯的秘密所掌控，那秘密直至今天依然是一种用之不竭的恩赐和奇迹之源泉，今天，那个小男孩仍然且一直是小男孩，尽管是一个八十岁的小男孩。

有一天我又找到了邓嘉，她的眼睛已经没有了几百年的皱纹，这些皱纹遮住了她萎缩的眼睛，但随着她巨大的夜间眼睛完全恢复——光之神秘莫测的宝匣。

现在我经常看见邓嘉，美丽，年轻，出没于绿

---

[1] 卡塔罗，意大利语，黑山共和国地名。

洲和沙漠之中，而我曾如此长久游荡过的地方，再也不会让我陷入荒凉。

毫无疑问邓嘉第一次引领我进入混乱的幻象，但就在一瞬间那个任性的孩子成长为有信仰的孩子，通过摆脱束缚，邓嘉的真理将永远给予。

邓嘉，那个游牧之神告诉我，这对于我们意味着宇宙。

更新宇宙的眼睛，邓嘉。

> 自1969年4月12日至7月16日，
> 　于罗马，哈佛，巴黎，罗马

VII
未收录诗集《欢乐》的早期法语诗作
（1915—1919）

亚历山大城风景

绿色被太阳晒蔫
蒙住眼睛的公牛绕着
嘎吱作响的圆形物件踱步。
它每隔一段时间就会停下来。

倾泻而下的水流摇晃着漫延开。
当它再循环时,它会渗入土壤。

一瞬间引人注目的欢欣,滴滴闪烁
在大地上,复归平静。

那个农夫蹲在梧桐树的空洞里
梧桐树獠牙般的根部升起
像骇人的蠕虫从大地上猛刺
圆环上下滑动
像耶稣的双臂伸向地面。
农夫吟唱
一只可爱的鸽子"咕咕"叫的受难曲
单调又愉悦的吟唱。
——来吧,我的鸭子。
——谁在乎呢。

——我的丝织床有诗歌般微妙的色彩。
——谁在乎呢。
——我来教你在凉爽的夕阳下施展诡计。
——谁在乎呢。
——我的又硬又大又胖。
——谁在乎呢。

我的沉默是一个懒惰的流浪汉的沉默。

维亚雷乔

维亚尼,
松树林很好
但一个人怎么可能入睡
有那么多蚊子和废话

阳光直射的露水

大地在阳光下
愉悦地
战栗
它的暴行
是温柔的

巴别塔

一大群昆虫在血液中交配

献媚

他有一篮露水——
天堂的骗子

附录
翁加雷蒂年表

1888　2月8日生于埃及亚历山大城(因为推迟两天报告他的生日,按照惯例就把他的生日定在了2月10日)。他的父母,安东尼奥·翁加雷蒂和玛丽亚·卢纳迪尼都来自意大利卢卡附近的农民家庭。他的父亲移民到埃及,在苏伊士运河的建筑工地工作,在那里他感染了疾病,并于1890年去世。

1904—1905　就读于瑞士侨民的法语学校,是当地最好的学校之一。阅读莱奥帕尔迪、波德莱尔、马拉美、尼采,以及法国和意大利的先锋派评论。开始用法语写诗。与穆罕默德·谢布建立深厚的友谊。

1906—1912　与从小就来到亚历山大城的意大利作家恩里克·佩阿(Enrico Pèa)结识,经常造访他的"红木屋",那是无政府主义者经常聚会的地方。撰写政治和文学论文。在当地报纸发表一些小说,并翻译爱伦·坡的小说。

1912　第一次取道巴黎去意大利旅行，打算在那里学习法律。会晤《声音》杂志编辑。持介绍信前往巴黎，见法国诗人夏尔·佩吉（Charles Peguy，1873—1914）和法国社会运动家乔治·索雷尔（Georges Sorel，1847—1922），住在卡梅斯街。

1913　结识毕加索、布拉克、莱热、契里柯、桑德拉尔、雅各布、莫迪利亚尼和意大利的未来主义画家和诗人。成为阿波利奈尔的密友。结识从《声音》杂志脱离出来组建《拉策巴》杂志的佛罗伦萨小组成员：桑菲斯、帕皮尼、帕拉佐斯齐。在索邦大学读书，在法兰西学院听柏格森讲课。从埃及来探望他的密友穆罕默德·谢布在卡梅斯街自杀。

1914　回到意大利。通过考试取得法语教师资格。从事干涉主义宣传活动。写出首批诗作，后收录诗集《欢乐》中。

1915　在《拉策巴》杂志上发表最初的两首诗，随后又在同一杂志上发表十三首诗。被征召到意大利军队中服役。在战争前线继续写诗。

1916　12月在乌迪内，埃托雷·塞拉出版《被埋葬的海港》，限印八十册。埃托雷·塞拉当时是一名中尉，也是翁加雷蒂的密友。

1918　所在的军队移驻法国，在巴黎时，一战停战，他带着阿波利奈尔最喜欢的托斯卡纳雪茄去拜访后者，正逢阿波利奈尔去世。

1919　作为《意大利人民报》记者留在巴黎。出版法文诗集《战争》。在佛罗伦萨出版诗集《覆舟的愉悦》，包括《被埋葬的海港》及1917至1919年所写的诗。和珍妮·杜波依结婚，与让·波朗（Jean Paulhan）长久的友谊开始。

1921　回到意大利，任职于外交部新闻部门。与埃米利奥·切基（Emilio Cecchi）成为朋友，进入"隆达"团体（La Ronda）的朋友圈子。

1923　出版新版《被埋葬的海港》，包含《覆舟的愉悦》及1919年后所作诗歌，后来又收录进《时代的感情》。因为经济缘故，搬迁到罗马山区的马里亚诺。

1926　在法国和比利时演讲。

1928　在苏比亚科度过复活节，随后皈依天主教。

1930　第二个儿子安东尼奥出生。翁加雷蒂母亲去世。为都灵的《人民新闻报》撰稿，发表诗歌和游记。忙于演讲，在文学评论上颇有建树。

1931　出版诗集《欢乐》，收录1914至1919年间创作的诗歌。访问埃及，这是他二十年前离开埃及后首次重返故地。

1932　获得威尼斯贡多拉诗歌奖，其作品首次获得正式承认。

1933　在罗马和佛罗伦萨同时出版《时代的感情》。在西班牙、法国、比利时、荷兰和捷克斯洛伐克做有关意大利文学的演讲。

1936　出版《译诗集》，译有贡戈拉、布莱克、叶赛宁、圣-琼·佩斯等诗人的作品。出《时代的感情》定版。前往巴西，在圣保罗大学教授意大利文学。

1937　哥哥康斯坦丁诺去世。

1939　儿子安东尼奥因为阑尾炎误诊在巴西夭亡。

1942　返回意大利。在罗马大学任教。出版诗选集《人的命运》。

1944　出版译作《莎士比亚十四行诗二十二首》。

1945　出版《零散的诗》，由朱塞佩·德·罗帕提斯（Giuseppe de Robertis）撰写导读。

1946　译作《莎士比亚十四行诗》二版，增加到四十首诗。

1947　出版诗集《悲痛》，收录1937至1946年诗作。在清算法西斯时期，经过长期争论，保住大学教职。

1948　出版译诗集《贡戈拉和马拉美》。

1949　第一卷散文集《日暮》出版。获得罗马诗歌奖。

1950　诗集《应许之地》出版，附有利昂·帕西奥尼（Leone Piccioni）的评论。出版译作拉辛的戏剧《菲德尔》。

1952　出版诗集《呐喊与风景》。

1956 和奥登、希梅内斯同获克诺克-勒-祖特诗歌奖（Knokke-Le-Zoute Award）。

1958 《文学》杂志为他出版370页的七十岁庆寿专号。他的妻子珍妮在罗马去世。

1960 出版《老人笔记》，收录1952至1960年诗作，附有世界各地朋友和作家对他诗歌的简评。进行环球旅行，包括在日本的长期停留。获得蒙泰菲尔特罗文学奖。

1961 出版《沙漠和之后》，选自在《人民新闻报》上发表的旅行文章，以及有关巴西诗歌的翻译作品。

1962 全票当选欧洲作家联合会主席。孙女安妮娜出生。

1964 访问纽约，在哥伦比亚大学做系列演讲。

1965 出版译作《布莱克诗选》。

1966 获得埃特纳-陶尔米纳国际诗歌奖。

1968　为庆祝八十岁生日，出版限量本《对话》，这是一卷由阿尔贝托·布里（Alberto Burri）绘制插图的爱情诗集。另出版《季节之死》，包括《应许之地》和《老人笔记》，以及1966年后未结集诗作。

1969　访问美国，在哈佛大学、哥伦比亚大学、皇后学院、马萨诸塞大学等做一系列演讲和朗诵。访问瑞典和德国。由蒙达多利出版社出版单卷本《诗全集》，由里昂·皮西翁（Leone Piccioni）编辑。

1970　写最后的诗《化石和天鹅绒》，以对开本的形式出版，配以皮耶罗·多拉齐奥（Piero Dorazio）的插图，以庆祝他八十二岁生日。最后一次访问美国，在俄克拉何马大学接受外国图书奖。在美国罹患支气管炎，回到米兰，于6月1日至2日夜间去世。

致谢

感谢雅众文化和它的创办人方雨辰女士,这是我和嘉莹在雅众出版的第二部译诗集,如果算上评论集和诗集,三年内我在雅众出版了四本书。考虑到我写的书,包括我们翻译的诗集都是小众读物,这谢意会显得格外诚挚一些。感谢诗人冯娜,从图书馆帮我们借到1975年版的《翁加雷蒂诗选》英译本,这本书"古老"得几乎和我的年龄相仿,使我意识到我们的翻译工作事实上具有的历史感。感谢诗人蓝蓝和翻译家董继平,他们不约而同寄给我企鹅版《翁加雷蒂诗选》,这是来自诗人同行的期望和支持,也是激励我们继续从事翻译工作的主要动力之一。感谢嘉莹,这是我们一起翻译的第六本诗集,作为工程师,她的日常工作琐碎又繁忙,但她欣然将不多的业余时间献给了英语和诗歌。感谢我手头四本《翁加雷蒂诗选》英译本的四位译者——安德鲁·弗里萨尔迪(Andrew Frisardi)、杰弗里·布洛克(Geoffrey Brock)、艾伦·曼德尔鲍姆(Allen Mandelbaum)、帕特里克·克里格(Patrick Creagh)——他们共同搭建了一座迂回的英语之桥,使我们得以抵达躲藏在意大利语深处的翁加雷蒂。

图书在版编目（CIP）数据

失乐园暗影：翁加雷蒂诗选 /（意）朱塞培·翁加雷蒂著；凌越，梁嘉莹译. -- 北京：北京联合出版公司，2023.1（2024.7 重印）
ISBN 978-7-5596-6529-4

Ⅰ.①失… Ⅱ.①朱… ②凌… ③梁… Ⅲ.①诗集—意大利—现代 Ⅳ.① I546.25

中国版本图书馆 CIP 数据核字（2022）第 202929 号

失乐园暗影：翁加雷蒂诗选

作　　者：［意］朱塞培·翁加雷蒂
译　　者：凌　越　梁嘉莹
策划机构：雅众文化
策　划　人：方雨辰
出　品　人：赵红仕
特约编辑：简　雅　陈雅君
责任编辑：龚　将
装帧设计：PAY2PLAY

北京联合出版公司出版
（北京市西城区德外大街83号楼9层　100088）
北京联合天畅文化传播公司发行
山东临沂新华印刷物流集团有限责任公司印刷　新华书店经销
字数80千字　860毫米×1092毫米　1/32　9印张
2023年1月第1版　2024年7月第2次印刷
ISBN 978-7-5596-6529-4
定价：68.00元

版权所有，侵权必究
未经书面许可，不得以任何方式转载、复制、翻印本书部分或全部内容。
本书若有质量问题，请与本公司图书销售中心联系调换。电话：（010）64258472-800